KB072960

가즈나이트 R

God's Knight R

이경영 판타지 장편 소설

FANTASY FRONTIER SPIRIT

가즈 나이트 R 3

이경영 판타지 장편 소설

초판 1쇄 찍은 날 § 2010년 10월 28일
초판 1쇄 펴낸 날 § 2010년 11월 4일

지은이 § 이경영
펴낸이 § 서경석

편집팀장 § 서지현
편집책임 § 박우진
편집 § 주소영

펴낸곳 § 도서출판 청어람
등록번호 § 제1081-1-89호
등록일자 § 1999. 5. 31
어람번호 § 제1-1196호

주소 § 경기도 부천시 원미구 심곡2동 163-2 서경B/D 3F (우) 420-822
전화 § 032-656-4452 팩스 § 032-656-4453
http://www.chungeoram.com
E-mail § chungeoram@chungeoram.com

ⓒ 이경영, 2010

ISBN 978-89-251-2334-9 04810
ISBN 978-89-251-2296-0 (세트)

이경영 판타지 장편 소설
FANTASY FRONTIER SPIRIT

가즈나이트 R

GodsKnight R ③

도서출판
청어람

CONTENTS

CHAPTER 10
부조리가 가져간 숫자

GodsKnight R

신과 신족의 가장 큰 차이는 바로 '불멸의 여부' 다.

대부분의 신족들은 영원한 생명과 끈질긴 생명력을 갖고 있지만 신들처럼 죽음까지는 피할 수 없다.

그런 면에서 거인족이자 신족인 아틀라스가 육체의 대부분을 잃고 머리마저 땅에 흡수당했는데도 불구하고 의식을 또렷하게 유지하며 살아 있는 것은 굉장한 일이었다.

'거물급이라 그럴까?'

호기심이 솟구친 루이체는 모든 일의 전말이 궁금했다. 왜 이런 식으로 갇혔는지, 어떻게 여태껏 살아남을 수 있었는지,

그리고 얼마나 오랫동안 갇혀 있었던 것인지 등등.

그러나 아틀라스의 손상된 모습에 풀려 버린 그녀의 다리는 꿈쩍도 하지 않았다.

"이아페토스의 아들, 아틀라스?"

"오, 나를 아는가?"

"물론이네."

하이엘바인이 말했다.

"올림포스의 신들과 티탄족들의 전쟁에서 패배하여 대지의 가장 깊은 곳에 감금된 자라고 들었네. 설마 그 오래된 존재가 아직까지 살아 있을 줄은 몰랐군."

"후후."

정답에 가까운 그녀의 긴 말에 아틀라스는 반갑게 웃었다.

"티탄의 강인한 육체는 쉽게 죽음을 허락지 않더군. 전쟁에 패하여 일부만 남아버린 나의 육체는 영겁의 시간을 거치면서 이렇게 대지를 떠받치듯 하나가 되었다네. 그래서 몇몇 놈들은 나를 '대지를 떠받드는 자, 아틀라스' 라고 부르지."

"안타까운 일이군."

하이엘바인은 서로의 처지가 비슷하다고 느꼈다.

비록 살고 있던 영역은 다르지만 하이엘바인과 아틀라스는 똑같이 신의 힘을 이어받은 자들이었다. 전쟁에서 패배하여 굴욕을 당한 것부터 힘을 잃은 것, 그리고 가족을 잃은 것까지 대부분 비슷했다.

'어느 쪽이든 암울하군.'

하이엘바인은 우울해지는 마음을 애써 떨쳤다.

"아틀라스여, 우리를 이곳에 초대한 이유가 무엇인가?"

"드워프들은 좀 질렸거든."

"농담인가?"

"농담이라고 할 수는 없지."

거인이 어렵게 눈웃음을 지었다.

"실은 그대가 발휘하는 신계의 힘이 나에게 궁금증을 주었네. 이곳에 갇힌 이후 두 번째로 느끼는 설렘이었지. 자네가 누구인지 너무 궁금해지더군. 그래서 드워프들의 반대를 무릅쓰고 자네를 불러달라고 했네."

리오의 노림수가 맞아떨어지는 순간이었다.

"두 번째라고 했는데, 먼저 온 자들이 있었나?"

"첫 번째 설렘은 현재의 주신, 하이볼크의 졸개들이 내려왔을 때 느꼈네. 그들은 나의 이름과 상태를 확인한 뒤 내 머리 위에 특별한 기계를 던져 놓고 사라졌지."

"특별한 기계? 승강기를 말하는 것인가?"

"승강기는 심심풀이 겸 드워프들을 불러 만든 것이네. 내가 고대의 지혜를 조금 빌려줬지. 하지만 같은 것을 또 만들지는 못하더군. 정말 못난 생명체들이야. 아무튼 나는 저 승강기 때문에 하이볼크에게 발견되었네."

아틀라스가 천천히 눈동자를 위쪽으로 올렸다.

"내 머리 위에는 제법 거대한 암석의 틈새가 있다네. 그 안에 내 힘이 밖으로 나가지 못하도록 억누르는 주신계의 기계가 있지. 그 기계가 설치된 이후 나는 그 누구에게도 들키지 않게 됐네."

"그 기계가 '신을 배제하는 힘'의 근원인가?"

"그렇다네. 그 기계가 있는 한 아마 하이볼크 외의 그 어떤 존재도 나를 발견할 수는 없을 것이네. 설령 신이라 해도 말이지."

"바꿔보자면 갇혔다는 말로 들리는군."

"그렇지."

아틀라스는 루이체가 숨어 꿈틀거리고 있는 승강기를 잠시 봤다.

"난 답답함을 견디지 못한 나머지 드워프들을 시켜 그 기계를 제거해 보려고 했네. 이 도시의 드워프들에게 있어서 나는 신이나 다름없거든. 하지만 처참하게 실패했네. 드워프들은 내가 지시한 대로 제작한 무기들을 가지고 그 기계를 공격했으나 살아서 돌아온 자는 없었네."

아틀라스는 눈을 반쯤 감았다. 하이엘바인의 눈에는 그 모습이 꼭 한숨을 쉬는 것처럼 보였다.

"음, 나의 이야기는 됐으니 자네의 이야기를 들려주게. 자네도 우연히 이곳에 온 것은 아닌 듯하니까 말이야. 어째서 나를 찾아왔나?"

"현재 나와 나의 동료들은 렘런트라는 미지의 존재와 전쟁을 벌이고 있네."

그녀가 단도직입적으로, 더불어 너무 솔직하게 말했다.

"나는 렘런트들이 자네에게 흥미를 느끼고 이곳으로 올 것이라 생각했네. 그대는 옛 신계에 대한 지식을 가진 거인족일 뿐만 아니라 주신계에 있어서도 일급기밀의 존재니까 당연히 그들도 흥미를 느끼겠지."

"렘런트? 처음 듣는 이름이군. 새로운 종족인가?"

아틀라스의 흐린 눈빛에 흥미가 차올랐다.

하이엘바인이 머리를 흔들었다.

"새로운 종족은 아니라네. 그들은 형태가 불확실할뿐더러 자신이 과거에 어떤 존재였는지 전혀 기억하지 못하고 있네. 그들은 그 정체(正體)에 대한 욕망을 풀기 위해 닥치는 대로 다른 생명체를 침식하여 그들의 모든 정보를 자신들의 것으로 만들고 있다네."

"정보라……. 그 정보의 범위가 어디까지인가?"

"다른 이의 육체적 정보와 정신적 정보를 모두 포함한다네."

"으음……."

아틀라스의 눈이 스르르 감겼다.

"형태가 불확실하고 과거에 어떤 존재인지 전혀 기억하지 못한다, 이건가?"

그가 확인을 요구하듯 물었다.

하이엘바인은 고개를 끄덕여 긍정했다.

"선신계 천사들이 그들을 공간의 밑바닥에서 기어다니던 존재라고 부르긴 했다네. 혹시 짚이는 점이 있나?"

거인의 대답은 하이엘바인이 질문한 지 한참이 지난 후에 나왔다.

"그래, 조금 감이 잡히는군."

아틀라스의 대답에 하이엘바인과 승강기 안의 루이체가 깜짝 놀랐다.

"정말인가?"

"그렇다네. 마침 잘됐군. 내가 그 고민을 풀어줄 수 있을 것 같네."

"그렇다면 가르쳐 주게! 부탁하네!"

그녀의 목소리 끝이 간절함에 못 이겨 갈라졌다.

아틀라스는 그녀를 지그시 내려다봤다.

"음, 이해가 안 가는군. 왜 아스가르드의 신족인 그대가, 천공의 울림이라는 위대한 이름을 가진 자네가 주신계의 힘을 가진 존재를 곁에 둔 채 열정을 토하는가?"

루이체의 존재를 통해 유추한 질문이었다.

자신이 애초에 발각됐음을 알게 된 루이체는 승강기 안에서 머리를 감싸고 부끄러워했다.

'역시, 숨는 게 아니었어!'

루이체가 승강기 밖으로 나오려는 찰나, 하이엘바인이 주먹을 쥔 오른손으로 자신의 심장 위를 한 번 때렸다.

"거대한 거짓에 나와 나의 전우가 희생될 뻔했네! 아스가르드의 전사는 그런 무의미한 희생을 용납하지 않네!"

아틀라스는 대충 상황을 알겠다는 듯 긍정적인 눈빛을 보였다.

"후후, 아스가르드의 전사는 모두 바보처럼 신념을 관철한다고 들었는데 사실이었군. 아무튼 자네의 뜻은 알았네. 그러나 나에게도 조건이 있네."

"조건?"

거인이 다시 머리 위를 올려다봤다.

"아까 말한 주신계의 기계를 없애주게. 마침 주신계 천사도 거기 있으니 이야기가 쉽겠군."

루이체가 움찔했다.

얼굴이 벌겋게 상기된 그녀는 힘없이 아틀라스의 앞으로 걸어나왔다.

잔뜩 긴장한 채 숨어 있었던 탓인지 반바지 밑으로 드러난 그녀의 흰 넓적다리가 땀에 번들거렸다.

"초면에 무례했습니다. 주신계 천사인 루이체라고 합니다."

"괜찮네, 어린 천사여. 누군가와의 만남이 이렇게 기쁠 줄은 몰랐군."

아틀라스의 시선을 비롯한 모든 힘이 루이체에게 쏠렸다.

흉하게 아물어 버린 그의 외모와 먹잇감을 노리는 육식동물처럼 직선적인 기세에 위압당한 루이체는 몸이 굳어 움직이지 못했다.

"무슨 짓인가?"

하이엘바인이 그녀의 앞을 지켰다.

"난 아직 자네의 제안을 받아들이지 않았을뿐더러 자네가 렘런트들에 대해 알고 있다는 말도 믿지 않네. 또한 이 아이는 자네를 위해서 데려온 것도 아니네. 부디 감정을 조절하길 바라네."

아틀라스가 다시 눈웃음을 지었다.

"정말 까다로운 성격이로군. 설마 자네는 내가 기뻐하는 모습에 두려움을 느낄 정도로 나약한 자인가?"

"불쾌감과 두려움을 분간할 줄 모르는군."

"그런가? 만약 우리들의 이야기가 여기서 틀어지면 자네들은 렘런트라는 자들에 대한 실마리를 영원히 풀 수 없을지도 모르네."

그러자 하이엘바인이 눈을 부릅떴다.

"어차피 천 년이나 만 년 정도의 시간 따위는 각오하고 있네."

루이체는 그 말을 듣고 흠칫 놀랐다. 그 각오는 분명 존경할 만했지만 그렇다고 진짜로 그렇게 긴 시간을 투자했다가는 큰일이 나기 때문이다.

그러나 허세는 아니었다.

하이엘바인은 아틀라스가 그저 떠벌리는 것 외엔 아무것도 할 수 없는 존재라는 사실을 알고 있었다.

실제로도 자신이 얻은 행운에 기뻐 다급해진 쪽은 하이엘바인이 아니라 아틀라스였다.

거인은 타협을 보기로 했다.

"알았네. 무례를 사과하지."

일단 그가 사과하자 하이엘바인은 고개를 끄덕여 사과를 받아들였다.

"그럼 묻고 싶네. 자네가 어째서 주신계의 기계를 없애달라고 하는 것인지 모르겠군. 그 기계는 달리 보자면 자네를 노리는 존재들로부터 지켜주는 역할을 한다고 해도 틀린 말이 아니네."

"그런가? 난 자네라면 이해해 줄 것이라 생각했네만."

거인의 눈에 우수가 깃들었다.

"인간들을 포함한 지적인 생명체들은 불완전하게 세상에 뿌려진 자신들을 달래기 위해 항상 꿈을 꾸지. 먹이를 찾아 헤매는 본능적인 행동 역시 배부름이라는 행복을 향한 꿈꾸기일세. 하지만 신과 신족에게 꿈이란 무엇이지? 권력? 수많은 추종자들? 그렇다면 자네는 무엇을 꿈꾸는가? 어떤 꿈을 꾸기에 하이볼크의 밑으로 들어갔는가?"

아버지, 토르를 찾기 위해.

하이엘바인은 그 말을 차마 하지 못했다. 그것 말고 또 무엇을 해야만 하는지 생각해 본 일이 없기 때문이었다.

"여기선 꿈이 없네."

중얼거린 아틀라스는 영겁의 세월 동안 자신이 거주한 지하 공간을 천천히 둘러봤다.

"난 시간이라는 이름의, 흘러가는 강물 한가운데에 조금 드러난 바위에 불과하네. 꿈을 꿔봤자 소용이 없지. 그나마 자네는 낫군. 자유롭게 여행할 수 있을뿐더러 아름다우니까."

그가 다시 하이엘바인을 봤다. 그는 도금된 듯 맑은 하이엘바인의 긴 은발을 시선으로 천천히 훑었다.

"나에게 있어서 절망은 익숙한 이야기라네. 물론 익숙해졌다고 해서 포기했다는 말은 아닐세. 자유에 대한 갈망은 더욱 깊어졌지. 그 자유가 비록 영원하더라도 말일세."

"죽겠다는 건가?"

"어차피 난 죽을 운명이야. 나에게 있어서 드워프들은 심심풀이 대상이기도 하지만 장기적으로 봤을 때는 나를 죽일 녀석들이기도 하지. 녀석들은 내가 자유를 갈망하는 것과 마찬가지로 나의 지식을 원한다네. 난 최대한 조금씩 가르쳐 주고 있지만 길지 않을 게야."

"황금알을 낳는 거위인가?"

"오랜만에 듣는 비유로군."

거인이 짧게 웃었다.

"녀석들은 언젠가 거위의 배를 가르듯 나를 협박하거나 죽여서라도 큰 것을 얻어내려 하겠지. 그 기생충들의 손에 죽느니 차라리 재미를 맛보며 자유를 얻고 싶네."

"흠."

하이엘바인은 고개를 서서히 끄덕거렸다.

그녀의 뒤에서 이야기를 듣던 루이체는 뾰루퉁한 얼굴이었다. 눈을 잔뜩 찡그렸고 양 볼은 풍선처럼 부풀었다.

'그럼 그냥 확 가르쳐 주지, 뭘 저렇게 뜸을 들이는 거야?'

그녀의 불만은 쉽사리 가라앉지 않았다.

이윽고 하이엘바인이 결심하여 선언했다.

"그럼 나, 하이엘바인이 그대를 돕겠네!"

"오오오."

거인은 탄식에 가까운 목소리로 감사를 표했다.

"정말 고맙네. 그 기계가 있는 곳까지는 내가 저 승강기로 데려다 주겠네. 하지만 조심하게, 그 기계는 정말 강하다네."

"최선을 다해보겠네."

아틀라스는 루이체와 함께 승강기에 오르는 하이엘바인의 모습을 끝까지 지켜봤다.

승강기가 움직이자 하이엘바인은 주먹을 쥐며 자신의 힘을 가늠해 봤다.

'말이 안 나올 정도로 형편없군.'

하이엘바인은 자신이 너무 성급했던 게 아닐까 걱정했다.

하지만 단지 그뿐이었다. 그녀는 안타깝게도 아버지를 닮아 앞뒤를 안 가리는 성격이었다.

루이체는 갑자기 급진전된 상황에 당황하여 멍하니 서 있기만 했다. 그녀가 정신을 차렸을 때 승강기의 속도는 점점 줄어들고 있었다.

'이건 아니야! 말려야 해! 절대 말려야 해!'

하이엘바인을 믿지 못해서가 아니었다. 아틀라스의 존재와 제안 등 모든 것이 예상 밖의 일이었기 때문이다.

하지만 승강기는 그녀가 결심하여 주먹을 꾹 쥐는 순간 목적지에 멈췄다.

"앗!"

얼굴이 파랗게 변한 루이체는 옆으로 슥 열리는 승강기의 눈을 하염없이 바라봤다. 끝없는 어둠이 문밖에서 두렵게 손짓했다.

어둠의 저편을 보며 잠시 숨을 고른 하이엘바인은 루이체에게 받은 황금색의 막대를 머리 위로 번쩍 들었다.

아리스톤 합금으로 만들어진 그 물건은 주신계 군대의 기본 무기로서, 사용자가 원하는 형태를 그대로 재현해 주는 특징을 갖고 있었다.

하지만 무기로서의 성능까지 사용자에 따라 바뀌기 때문에 좋은 평가를 받은 적은 별로 없었다.

"루이체는 여기 있으려무나."

하이엘바인이 속삭이듯 말했다.

막대가 빛을 내며 창의 모습으로 변했다. 그 창이 내뿜는 강한 빛이 어둠의 일부를 환하게 밝혔다.

기묘한 형상의 갑옷을 걸친 드워프의 해골들이 그 빛 아래에 드러났다.

"으악!"

루이체가 기겁하여 비명을 지른 반면 하이엘바인은 맑은 눈으로 그 잔해들을 살폈다.

"이것은 오래전에 아버지께서 보여주셨던 '스파르탄의 갑옷'이 아닌가? 아틀라스가 말했던 올림포스의 옛 기술이 이것인가?"

"스파르탄의 갑옷이요?"

루이체는 호기심에 갑옷들을 조사하고 싶었다. 그러나 갑옷 안에 들어 있는 해골들의 끔찍한 모습 때문에 그녀는 하이엘바인의 대답만 기다릴 뿐, 감히 손도 대지 못했다.

"위그드라실 외부의 여행을 자주 즐기셨던 아버지께선 '헤르메스'라는 이름의 올림포스 신과 자주 만나셨는데, 다섯 번째 만남에서 그가 아버지께 스파르탄의 갑옷을 선물했단다. 보통 인간도 꽤 쓸모있는 투사로 바꿔주는 놀라운 물건이었지."

"어느 정도의 성능인가요?"

"듣기로는 갑옷을 걸친 300명이 수만 명을 상대할 수 있었다고 하더구나. 어디까지가 진실인지는 아무도 모르지."

"오오, 그렇군요."

설명을 마친 하이엘바인은 창을 내렸다.

창의 빛이 사라지고 주변이 다시 어두워졌다.

그 어둠 속에서 하이엘바인의 파란 눈동자가 희미한 황금색을 머금었다.

분위기가 바뀌자 루이체가 흠칫했다.

"하이엘바인님?"

그녀의 목소리가 불안감으로 심하게 떨렸다.

"조용. 저쪽에 뭔가 있구나."

하이엘바인과 달리 어둠에 대한 적응이 느린 루이체는 그녀가 가리킨 '저쪽'이 어느 쪽인지조차 알지 못했다.

저편에서 갑자기 큰 불빛이 터졌다.

그 불빛 아래에서 흰색의 큰 날개 한 쌍이 좌우로 펼쳐졌다. 그 날개들 사이에는 창을 든 금색 단발의 여성이 조금 마른 듯한 몸매를 과시하며 우뚝 서 있었다.

루이체는 그 전체적인 모습에서 자신이 알고 있는 누군가를 강렬하게 느꼈다.

"피엘 플레포스님?"

분위기와 전체적인 외모는 분명히 주신계의 비서장, 피엘 플레포스와 비슷했다.

하나 하이엘바인의 눈에는 주신계에서 쓰이는 문자로 촘촘하게 뭉쳐진, 그저 피엘과 비슷한 형상과 색깔을 갖추고 있는 이색적인 존재로밖에 보이지 않았다.

그 존재의 머리와 가슴, 그리고 복부의 내부에는 주먹 정도 크기의 금속 물체가 숨겨져 있었다.

금속 물체에서는 강력한 억제력이 발휘되고 있었다. 그 물체들이 바로 아틀라스가 그토록 증오하던 '기계'였다.

"우리의 목표가 바로 저것이로구나. 그런데 저것이 왜 피엘 비서관과 비슷한 외모를 가지고 있지?"

"아마 저 기계는 피엘 비서관께서 현장에서 현역으로 뛰실 때 만들어졌을 거예요."

루이체는 교신기를 통해 기계를 살피며 하이엘바인의 의문에 답해주었다.

"저건 일명 레플리카(Replica)라고 해서, 기록으로만 남아 있는 비서관님의 능력을 주신계의 기술력을 통해 실체화한 물건이지요. 그래서 저렇게 문자의 응집체 형태를 가진 거예요."

"흥미롭구나."

하이엘바인은 자신마저도 저렇게 복제되지 않을까 하는 생각을 해봤다.

"그런데 이상해요. 저 레플리카는 교신기에 등록이 안 되어 있어요. 이런 경우는 처음인데……?"

슬쩍 레플리카 쪽을 본 루이체는 자신의 머리를 향해 날아오는 창끝을 똑똑히 목격했다.

"헉!"

레플리카의 창이 루이체의 앞머리를 헤치고 들어왔다.

창끝이 피부에 닿으려는 찰나, 하이엘바인의 창이 그 흉악한 문자의 응집체를 하늘로 걷어 올렸다.

봉 떠오른 레플리카의 창은 이윽고 흩어지더니 꿀벌들처럼 무리를 지어 날아가 레플리카의 손으로 돌아갔다.

하이엘바인은 순식간에 복구되는 창을 노려보며 루이체에게 물었다.

"주신계의 기계란 원래 저렇게 험한 것이냐?"

"그, 그럴 리가 없어요! 저를 봐서라도 분명 경고를 했을 거예요!"

루이체는 일이 점점 커지는 느낌에 마음이 불안했다.

그러는 와중에 레플리카가 날개를 활짝 펼쳤다.

창끝을 앞세우고 돌진하는 모습은 간결했지만 기세만큼은 그 어떤 거대한 생물의 돌격보다도 위협적이었다.

창으로 상대를 강하게 때려 흘려낸 하이엘바인은 망치로 뭔가를 깨듯 주먹으로 피엘의 레플리카를 후려쳤다.

"무엄한 것!"

타격당한 레플리카의 후두부가 터지면서 머리를 이루고 있던 문자들이 사방으로 퍼졌다.

잠깐 멈췄던 레플리카의 몸이 뒤로 번쩍 물러났다.

흩어졌던 머리가 다시 복구되었다. 조금 약해지나 싶었던 레플리카의 힘도 원래의 수준으로 돌아왔다.

"후우, 우우우우!"

몸을 이루는 문자들이 경련을 일으켜 짐승의 울음소리와

같은 괴성을 냈다.

그 모습에서 광기를 느낀 하이엘바인은 냉정하게 다음 공격에 대비했다.

"네 말이 사실이라면 뭔가 문제가 있는 것 같구나."

"즉시 알아볼게요!"

교신기를 잡은 루이체의 손이 하얗게 빛을 냈다. 그녀의 힘에 반응하여 능력이 확장된 교신기가 레플리카의 정보를 고속으로 처리했다.

그에 자극을 느낀 레플리카가 다시금 날개를 펄럭이며 날아왔다.

맞서 뛰어간 하이엘바인은 레플리카와 창을 부딪친 채 힘을 겨뤘다.

'힘으로만 따지자면 리오에 비할 바가 아니군.'

도시에 들어오기 전에 경험한 리오의 완력은 그녀의 상상을 아득히 초월하고 있었다. 만약 레플리카의 힘이 그와 비슷했다면 하이엘바인은 끔찍한 미래를 예상했을 것이다.

안심하는 그녀의 눈앞에서 밝은 빛이 퍼졌다.

레플리카의 날개가 여러 갈래로 나뉘었다. 그 갈래의 끝은 칼날처럼 호전적인 형태를 띠고 있었다.

레플리카의 또 다른 흉기들이 하이엘바인을 지나 루이체를 노렸다.

'이런!'

하이엘바인이 반사적으로 레플리카를 밀어냈다. 칼날 날 개들이 그녀의 목과 가슴, 허리, 허벅지에 박혔다. 그러나 옷 에만 구멍을 낼 뿐, 피부를 뚫지는 못했다.

루이체의 잘린 머리카락 몇 올이 하늘하늘 땅으로 떨어졌 다.

'왜 자꾸 머리만 노리는 거야!'

루이체는 눈물이 날 정도로 무서웠다. 하지만 그녀는 자신 이 해야 할 일까지 잊어버릴 만큼 겁쟁이는 아니었다.

그녀는 필사적으로 레플리카를 분석했다. 그녀에게 집중 력을 가르쳐 준 사람은 리오였다.

'일단 떨어뜨려 놔야겠군.'

하이엘바인은 주먹과 무릎, 그리고 이마로 레플리카를 연 타했다.

그녀는 무기를 다루는 능력뿐만 아니라 맨손 격투에도 상 당한 실력을 갖고 있었다.

레플리카의 몸이 찌그러지면서 푸른색 에너지가 터졌다. 그럼에도 불구하고 물러나지 않자 하이엘바인은 아예 몸으로 상대를 밀어붙였다.

둘은 루이체가 보지 못할 정도로 깊은 곳까지 이동했다.

루이체는 바들바들 떨며 어둠 속을 살폈다.

그녀의 손에 쥐어진 교신기는 정상 작동을 하고 있었다. 하지만 하이엘바인과 레플리카가 어둠 속에서, 그것도 초고속으로 격전을 벌이는 관계로 그녀와 그녀의 교신기는 제대로 된 정보를 얻지 못했다.

"하이엘바인님, 좀 천천히!"

그러나 하이엘바인은 속도를 늦춰줄 여유가 없었다. 레플리카의 창술은 그녀를 여러 가지로 놀라게 만들었다.

레플리카의 창이 앞뒤로 움직였다.

"오오오!"

괴성과 함께 강렬한 찌르기가 터지며 어둠을 잠깐 밀어냈다.

창날로 공격을 비껴낸 하이엘바인은 무릎으로 레플리카의 복부를 찍어 올렸다. 그러나 레플리카는 잠시 멈추기만 할 뿐, 특별한 이상을 보이진 않았다.

사실 하이엘바인은 레플리카 외에 다른 것과도 싸우고 있었다. 바로 레플리카가 사용하는 창술의 정체였다.

'어떻게 피엘 플레포스의 레플리카가 아스가르드 발키리의 창술을 쓸 수 있지? 기술의 전승자는 오딘님과 나뿐인데?'

레플리카의 창이 그녀의 목을 스쳤다.

상처는 없었다. 그러나 직접적인 타격을 허용했다는 사실에 하이엘바인과 루이체의 긴장이 더욱 고조되었다.

"아, 하이엘바인님……!"

"루이체!"

위엄을 잃지 않은 하이엘바인의 목소리가 루이체의 정신을 일깨웠다.

"아, 예! 말씀하세요!"

"저 레플리카의 중추 부위는 몇 개지?"

"세 개예요!"

"세 개?"

"하지만 두 개라고 보셔도 돼요! 여태까지 모은 자료로 보면 중력제어를 맡은 중추에 이상이 생긴 것 같아요!"

인간과 크기가 비슷하거나 그 이하의 크기를 가진 존재들은 파괴력에 직접적인 영향을 미치는 체중을 보충하기 위해 중력을 제어한다.

중력제어 중추에 이상이 생긴 기계에게 힘에서 아주 약간의 우월감을 느꼈던 하이엘바인은 자존심에 적잖은 상처를 받았다.

"하앗!"

하이엘바인이 고함을 지르며 레플리카의 머리통을 이마로 들이받았다.

머리의 형태를 이루고 있던 문자의 응집체가 주먹에 맞았을 때보다 더 큰 규모로 터졌다.

하이엘바인은 레플리카의 몸체 밖으로 튀어나간 구체 모양의 기계 중추를 창끝으로 노렸다.

그것을 머리가 없어진 레플리카가 창으로 받아냈다. 그 틈을 타고 레플리카의 부서진 머리가 재생됐다.

'역시 재생 기능은 멀쩡하군. 그렇다면…….'

자세를 낮추며 창을 피한 하이엘바인은 창으로 상대의 무릎을 후려쳤다. 쓰러지던 레플리카가 날개를 펼쳐 자세를 유지하려 했다.

그 순간을 노린 하이엘바인은 곤충 표본을 만들 듯 레플리카의 가슴을 창으로 내리찍어 땅에 고정시켰다.

창끝이 가슴속의 기계를 아슬아슬하게 스쳤다.

레플리카가 몸을 분해하여 탈출하려는 순간, 하이엘바인의 왼손이 레플리카를 덮쳤다.

"안 놓친다!"

그녀의 손바닥에서 터진 힘의 폭풍이 주위를 삽시간에 냉각시켰다. 얼마 없는 동굴 내의 습기가 레플리카를 중심으로 모이더니 커다란 얼음덩어리로 변했다.

"루이체! 재생의 중추가 어떤 것인지 알아봐라!"

"잠시만요!"

하이엘바인이 만든 얼음이 레플리카가 있는 안쪽에서부터 얇아졌다. 레플리카가 재생 기능을 이용한 고열로 얼음을 녹이고 있었다.

얼음이 완전히 사라지려는 찰나, 루이체가 든 교신기가 긍정적인 소리를 냈다.

"잡아냈어요! 복부예요!"

레플리카가 얼음을 깨고 나왔다.

뒤로 공중제비를 돌며 멀리 거리를 둔 레플리카가 이내 살의에 가득 찬 창날을 앞세우고 돌진했다.

하이엘바인은 망설임없이 창을 뻗었다.

그녀의 창끝과 레플리카의 창끝이 정확히 마주쳤다.

둘은 그 상태로 힘을 겨뤘다. 전기불꽃과 폭풍이 충돌 지점을 중심으로 사납게 일어났다.

"이 정도였나?"

하이엘바인이 숨을 크게 들이쉬었다.

"넌 불량품이다!"

그녀의 창이 레플리카를 통렬히 관통했다.

창에 몸을 관통당한 레플리카가 그 충격에 사지와 날개를 부르르 떨었다.

기능에 혼란이 온 듯 제모습을 찾지 못하던 레플리카가 갑자기 온몸을 날카롭게 가다듬고는 마치 식충식물처럼 하이엘바인을 덮쳤다.

뭔가 와장창 깨지는 소리가 터졌다.

레플리카의 잔해가 동굴 바닥에 떨어졌다. 창부터 날개까지, 여태껏 그랬던 것처럼 레플리카의 어느 하나도 하이엘바인의 몸을 뚫지 못했다.

하이엘바인이 역으로 주먹을 휘둘러 레플리카의 복부를 쳤다. 그녀의 하얀 손이 레플리카의 재생을 맡은 중추를 뚫고 뒤로 튀어나왔다.

재생 중추를 정확히 당한 레플리카는 깨진 창도, 날개도 재생시키지 못한 채 하이엘바인의 손에 꿰어 몸부림을 쳤다.

레플리카를 쳐 떨쳐낸 하이엘바인은 이어서 쓰러진 레플리카의 발과 머리, 팔, 다리를 차례로 짓뭉개 격파했다.

그녀는 몸만 덩그러니 남아 몸부림치는 레플리카를 보며 루이체에게 손짓했다.

"됐구나. 이제 가까이 와서 조사해 보려무나."

"수, 수고하셨습니다!"

루이체가 서둘러 달려왔다.

하이엘바인은 창끝으로 레플리카를 툭툭 건드렸다.

"중력 제어 중추는 고장이었지만 공격과 방어를 맡은 중추는 멀쩡했었던 것 같구나. 성능이 완전한 상태였다면 정말 골치 아팠겠어."

그녀는 주먹을 쥐고 자신의 힘을 가늠해 봤다.

어떤 벽에 가로막힌 듯 그녀의 힘은 어느 수준 이상으로 올라가지 못했다.

'아직 헤카테의 고리에 당한 여파가 남아 있군.'

그녀의 안색이 조금 변했다.

'몸의 회복이 멈춘 건가?'

풀이 죽은 그녀는 방금 전까지 썼던 자신의 창을 집어 들었다. 궁니르의 모습을 가진 그 무기는 그녀의 손바닥 속에서 원래의 막대 모습으로 되돌아왔다.

한편, 분석을 마친 루이체가 교신기를 들고 하이엘바인을 불렀다.

"이걸 보세요, 하이엘바인님. 이 레플리카는 이곳에 오는 모든 존재를 가리지 않고 처단하는 것으로 설정되어 있어요."

"제대로 된 설정인 것이냐?"

그녀가 묻자 루이체는 고개를 저어 부정했다.

"아니에요. 제가 배운 항목 어디에도 이런 극단적인 설정 규칙은 존재하지 않아요."

루이체는 하이엘바인과 시선을 맞췄다. 시간을 들여 어둠에 익숙해진 그녀의 눈은 현재 상대를 확실히 인식할 수 있었다.

하이엘바인은 그녀가 왜 자신을 바라보는지 궁금했다.

이윽고 루이체가 오른손으로 이마를 누르며 고개를 저었다.

"아, 아니에요. 제 기준에서 생각하면 안 될 것 같아요. 하이볼크님께서 직접 설정하신 거라면 제가 알고 있는 규칙 따위는 언제든지 깨질 수 있으니까요."

"그렇겠구나."

옛 주신인 오딘의 곁에서 절대적 힘이 무엇인지를 몇 번이고 느꼈던 하이엘바인은 그녀의 말을 매우 간단히 이해했다.

"이 레플리카에 적용된 설정은 단순히 아틀라스를 감추기 위한 것만은 아닌 것 같아요. 뭔가 단서라도 있으면 좋을 텐데……."

루이체가 윗입술과 아랫입술을 번갈아 깨물었다.

"그보다 어쩌면 좋을까요? 이대로 레플리카를 정지시키면 곤란하겠죠?"

"그렇게 했다가는 렘런트들이 아틀라스의 존재를 느끼고 몰려오겠지. 선신계 천사들도 물론."

이 지역을 '감추는' 힘이 사라지게 되는 이상 당연하게 찾아올 결과였다.

"리오라면 이 상황에서 어떻게 행동했을 것 같으냐?"

"으음……."

루이체가 머리를 긁었다.

"처음부터 아틀라스와 거래 자체를 안 했을 것 같아요."

솔직한 대답이었다.

"거래를 하지 않았을 거라고?"

"아는 걸 모조리 뱉어내라며 아틀라스를 협박했겠죠. 버티면 고문도 좀 하고 말이에요."

"설마!"

하이엘바인의 입장에선 전사의 명예에 대단히 어울리지 않는 행동이었다.

루이체는 자신의 오빠가 자주 그러듯 어깨를 으쓱했다.

"저희 오빠에 대해 환상을 갖고 계시네요."

"그건 아니란다."

나름대로 단호하게 대답한 하이엘바인은 팔짱을 끼면서 위엄을 세우려 했다.

그러나 루이체는 싱글싱글 웃었다.

"뭐, 오빠가 방랑기사 같은 낭만적인 존재가 아니라는 건 아시잖아요?"

임무를 받아 움직이는 존재. 그 개념은 하이엘바인도 명확하게 인지하고 있었다. 전쟁터에서 직접 명령을 내린 적도 있기에 이해도는 높았다.

하지만 이해만 할 뿐, 받아들이진 못했다.

"너무 그렇게 생각하면 안 된다. 너희 오라버니는 훌륭한 전사란다."

"예? 무, 물론이죠. 하하."

하이엘바인이 너무 진지하게 나오는 바람에 당황해 버린 루이체는 뭔가 오해가 생겼음을 느꼈다.

'여태껏 얼마나 꾸중을 들으셨으면 저러실까.'

나름대로 정확한 분석이었다.

"하이엘바인님, 일단 지금 문제에 대해서 논의를……."

순간 엄청난 소음이 승강기 쪽에서 들렸다.

그쪽을 돌아본 둘의 시야에 승강기는 존재하지 않았다. 오로지 어떤 힘에 의해 강제로 밀려 나간 흔적과 먼지만이 보일 뿐이었다.

시커먼 물체 두 개가 하이엘바인의 눈에 언뜻 들어왔다.

똑같은 모양을 한, 연기와 같은 형태의 작은 괴물들이었다.

하이엘바인의 눈이 번쩍 빛났다.

"렘런트!"

"예에?"

렘런트들을 미처 식별하지 못했던 루이체는 하이엘바인이 뭔가를 잘못 봤을 거라고 생각했다.

은폐가 가시지 않은 이곳을 렘런트가 정확히, 그것도 승강기의 위치까지 발견하려면 우주적인 단위의 시행착오가 없이는 불가능한 일이었다.

그러나 하이엘바인은 자신의 눈을 의심하지 않았다.

"루이체는 레플리카를 챙겨서 리오에게 가거라! 렘런트들은 내가 맡겠다!"

"예? 하, 하지만……!"

"고민할 틈이 어디 있단 말이냐! 녀석들이 아틀라스와 접촉하게 내버려 둘 수는 없다! 잔말 말고 어서 가라!"

고함을 지른 하이엘바인은 승강기의 통로로 뛰어내렸다.

어둠 속에 혼자 남겨진 루이체는 한참을 우물쭈물한 뒤에야 레플리카에게 다가갔다.

"뭐가 이렇게 복잡한 거야, 진짜!"

잠깐 우는소리를 낸 루이체는 어떻게든 안전하게 레플리카를 분해하기 위해 정신을 집중했다.

분해에 관한 훈련은 실습까지 우수한 성적으로 거쳤지만 진짜 물건을 분해하는 일은 이번이 처음이기에 그녀는 심장이 터질 것만 같았다.

바빠지기 시작한 그녀의 옆에서 갑자기 묵직한 발걸음 소리가 났다.

*   *   *

아틀라스는 다시 눈을 떴다.

반복된 절망과 세월에 지쳐 있던 그의 눈동자는 하이엘바인들과 만났을 때와는 비교할 수 없을 만큼 밝았다. 희망과

환희가 눈동자 깊숙한 곳에서 솟아오르고 있었다.

그는 연기처럼 흐늘거리는 두 개의 물체를 그 눈으로 반겼다.

"어서 오게."

검은색의 연기들이, 얼마 전에 리오와 하이엘바인을 골탕먹였던 그 쌍둥이 렘런트들이 의아함에 일렁거렸다.

"우릴 알아?"

"이상하네?"

어린아이의 목소리가 티탄의 감옥에 울렸다.

아틀라스는 지그시 웃었다.

"알다마다. 후후, 후후후……."

아틀라스가 원한을 풀듯 웃었다.

"세상이 몇 번이나 바뀌었는지 모를 만큼 긴 시간이 흘렀네. 이제야 내가 원하던 때가 왔군. 그런데 어떻게 이곳을 찾아냈나? 주신계의 힘은 아직 살아 있는데?"

"그전에 당신이 누구인지 알고 싶은걸?"

쌍둥이 렘런트들이 불쾌한 반응을 보이자 아틀라스는 방금 전과 같이 푸근하게 웃었다.

"내 이름은 아틀라스라네. 위대한 티탄, 이아페토스의 아들이지."

"…티탄?"

"이아페토스?"

아틀라스의 말이 쌍둥이들의 머릿속에서 광적인 속도로 메아리쳤다.

그들이 자신의 소개말에 명확히 반응하는 모습을 본 아틀라스는 진한 눈웃음을 지었다.

"나에게 물어보고 싶은 것이 있나?"

"우, 우리는……!"

"잠깐!"

한 쌍둥이가 말하려 하자 다른 쌍둥이가 목소리를 높였다.

"당신, 혹시 헤라클레스가 뭔지 알아?"

말을 막은 렘런트가 조심스럽게 물었다.

아틀라스가 깜짝 놀랐다.

"헤라클레스? 그 이름을 누구에게 들었나?"

"인간인지 뭔지 분간하기 힘든 녀석에게 들었어. 그 녀석이 이곳의 위치를 가르쳐 줬지."

"그럴 리가……!"

아틀라스의 눈이 실망감으로 흐려졌다.

"뭔가 잘못된 것 같군. 이곳과 이곳의 구조까지 아는 자가 있다는 사실부터 잘못된 일이지만…… 무엇보다 자네들은 아닐세."

"아니라니?"

"자네들은 헤라클레스가 아니야. 그가 아니기 때문에 그가 될 수 없어."

쌍둥이들의 하얀색 눈빛이 의구심으로 꿈틀거렸다.

"당신, 정말 우리를 아나 보네?"

"물론이지. 난 자네들뿐만 아니라 자네들 동포 모두의 원래 모습을 알고 있다네."

"그럼 우린 누구지?"

쌍둥이들이 묻자 아틀라스는 기다렸다는 듯 웃음소리를 냈다.

"후후, 알고 싶다면 나를 이곳에서 꺼내주게. 그렇게 해주면 자네들을 포함한 모든 렘런트들이 그 하찮은 모습에서 벗어날 수 있을 것이야!"

쌍둥이들은 서로를 응시했다.

"어쩌지?"

"일단 흡수해서 재구성할까?"

"하지만 그에게 물어보는 게 낫지 않겠어? 원래 이곳을 방문해야 할 자는 그였어."

고민하는 기색이 역력했다.

"누군가가 또 왔나?"

아틀라스가 물었다.

"보호자 역의 동포가 있어."

"우리에게 이곳을 가르쳐 준 녀석들이 그를 헤라클레스라
고 불렀지."

"오, 오오오! 그런가? 그렇군! 어서 그를 만나고 싶네!"

아틀라스의 피부에 울퉁불퉁 튀어나온 정맥들이 격렬하게
두근거렸다.

"좋아. 그럼 조금만 기다려. 그는 이곳에 문제점이 없는지
살핀 뒤에 내려온다고 했으니까."

"그러지."

아틀라스는 눈을 감았다.

주름과 각질로 단단한 그의 눈꺼풀이 심하게 떨렸다.

'이 순간! 지금 이 순간을 얼마나 기다려 왔단 말인가! 드
디어, 드디어 새로운……!'

그때였다.

일순간 쩡한 느낌이 그들의 머릿속을 때렸다.

그들 사이를 은색의 그림자가 가로질렀다.

승강기 출구에서 튀어나와 티탄과 쌍둥이들 사이에 버텨
선 그녀, 하이엘바인은 분노의 시선을 양측에 골고루 던졌다.

"부른 것이냐, 아니면 찾아온 것이냐? 대답하라!"

그녀의 황금색 창이 살기로 진동했다.

하이엘바인을 간과했던 아틀라스는 숨이 멎을 기세로 놀
랐다. 쌍둥이들 역시 형태가 엉망이 될 정도로 당황했다.

"하이엘바인!"

"속였구나, 아틀라스! 그 녀석과 함께 우릴 속였어! 우릴 바보 취급한 거야!"

하이엘바인은 아틀라스를 향해 으르렁거리는 쌍둥이들의 모습에 의아해했다.

'내가 이곳에 있었다는 사실을 몰랐단 말인가?'

뒤이어 그녀는 아틀라스의 안색을 살펴봤다.

'아틀라스 역시 마찬가지야. 뜻하지 않은 행운에 기뻐하고 있어.'

하이엘바인은 지금 상황을 어떻게 처리해야 마땅한지 리오에게 묻고 싶었다.

지금 그녀는 위대한 신족 하이엘바인이 아니라 단순한 후배로서 리오를 의지하고 있었다.

여태까지 거듭된 실패에 대한 두려움이 이유였다.

하지만 레플리카의 은폐 능력이 아직 살아 있기 때문에 정신감응은 불가능했다. 그렇다고 밖으로 나가서 직접 도움을 청할 수 있을 만한 여유가 있는 것도 아니었다.

어떻게든 그녀 스스로 일을 처리해야만 했다.

창을 든 그녀의 손에 힘이 들어갔다. 무기의 차가움이 그녀의 망설임을 삽시간에 수습해 주었다.

'아니야. 실패를 하더라도 떳떳하게 하는 거다! 아스가르

드의 방식으로!'

냉정함을 되찾은 그녀는 아틀라스에게 기회를 주기로 했다.

설령 자신을 살해하려 한 자라 할지라도 이유를 확실히 듣고 난 뒤에야 보복하는 것이 아스가르드 전사의 철칙이자 그녀의 신념이었다.

"올림포스의 티탄이여, 솔직하게 이야기해 주게. 그대는 정녕 자유를 원하여 나에게 부탁을 한 것인가, 아니면 야욕을 채우기 위해 나를 이용한 것인가?"

하이엘바인은 부디 좋은 대답이 나오기를 바랐다. 동질감을 느꼈던 존재를 자신의 손으로 처단하고 싶지 않은 것이 그녀의 솔직한 마음이었다.

"아스가르드의 신족이여, 어째서 깨닫지 못하는가!"

아틀라스가 격앙된 목소리를 냈다.

"그대가 이곳에 있다는 사실 자체가 그 저주스러운 신, 하이볼크의 수작이네! 그가 왜 다른 하수인들을 놔두고 자네를 이곳에 내려보냈다고 생각하나? 옛 신족끼리 싸우는 비극을 보고 즐기고 싶어서 그런 것뿐이란 말일세!"

하이엘바인은 그렇게 외치는 아틀라스의 모습이 측은하기만 했다.

자신들이 주신계의 지시로 이곳에 온 것은 사실이었다. 그러나 드워프들의 생사 여부를 완벽하게 고려하지 않았다면 아틀라스 앞에 있는 자는 그녀가 아니라 리오일 수도 있었다.

그녀의 눈빛에 일말의 변화도 느껴지지 않자 아틀라스는 더욱 다급해졌다.

"쌍둥이들이여, 뭐 하는 건가! 어서 나를 이곳에서 꺼내주게!"

내팽개치듯, 아틀라스의 시선이 그녀로부터 벗어나 쌍둥이들에게 향했다.

그 눈동자의 움직임만큼이나 묵직한 실망감이 하이엘바인의 심장을 강타했다.

쌍둥이들은 시큰둥했다.

"당신을 믿을 수 없어."

"저 무서운 여자조차 이용하려는 자를 우리가 어떻게 믿지?"

그러자 아틀라스가 외쳤다.

"되살려야 하네! 우리들의 신계, 올림포스를!"

방금 터진 그 말에 하이엘바인은 뇌가 찬물에 씻겨 나가는 느낌을 받았다.

그런 터무니없는 일은 반드시 막아야 한다는 분노, 언뜻 느껴진 적들의 정체, 그리고 아스가르드 역시 부활할 수 있지 않을까 하는 흥분.

그녀가 혼란스러워하는 와중에도 쌍둥이들의 빈정거림은 계속됐다.

"그게 뭔데?"

"우리랑 관계있어?"

"있네! 자네들을 위해서라도, 또 나를 위해서라도 올림포스는 반드시 되살아나야 하네!"

"그러니까, 왜?"

"자네들 역시 올림포스의……!"

아틀라스의 거대한 머리가 움찔했다. 그 여파로 작은 진동이 동굴 안쪽을 흔들었다.

아틀라스의 희뿌연 눈알이 땅에 떨어졌다.

창끝으로 거인의 산과 같은 머리를 후려쳐 구겨 버린 하이엘바인은 더 이상 움직이지 않는 아틀라스의 머리에서 창을 치웠다.

거인의 머리가 망치에 맞은 주전자처럼 구겨지는 모습을 똑똑히 본 쌍둥이들은 허탈한 눈빛을 흘렸다.

그 허탈감이 순식간에 분노로 바뀌었다.

"무슨 짓이야!"

서서히 주저앉는 아틀라스의 머리를 가만히 바라보던 하이엘바인은 쌍둥이 렘런트들에게 눈을 돌렸다.

"내 임무를 알게 되었단다."

"닥쳐!"

쌍둥이들은 극도로 흥분한 상태였다. 그녀를 흡수, 분석하여 그 정보를 자신들의 것으로 하겠다는 본능적인 욕구조차 의식 속에 남아 있지 않을 정도였다.

렘런트들의 하얀 눈빛이 광적으로 커졌다.

"이해할 수 없어! 왜 우리를 괴롭히지?"

"우린 우리가 원래 누구였는지 알고 싶을 뿐이라고!"

하이엘바인은 대답에 앞서 창을 그들에게 겨눴다.

"알게 된 이후에는 무엇을 할 건가?"

쌍둥이들의 분노가 멈칫했다.

"너희들은 끝까지 사냥당할 것이야. 이미 멸망한 자들을 환영해 줄 만큼 세상은 너그럽지 않단다."

"웃기는군! 그런다고 우리가 포기할 줄 알아? 죽어달라고 해서 죽어줄 줄 아냐고!"

렘런트의 광기 어린 눈빛에 맞서듯 그녀의 황금색 눈빛이 더욱 밝게 빛났다.

"전사는 적에게 자살을 권유하지 않는다."

"으……!"

"내가 너희들 모두를 죽이고 그 원한을 짊어질 것이다! 하이볼크의 하수인이 아니라 아스가르드의 전사로서!"

"닥쳐!"

마법의 화염이 쌍둥이 중 한 명의 손에서 유성처럼 튀어나 갔다.

창으로 마법을 튕겨낸 하이엘바인은 방금 창을 통해 전해 진 쩌릿한 느낌에 내심 놀랐다.

'상당한 위력이군. 여기까지 발전했단 말인가?'

쌍둥이들은 다음 마법을 준비했다. 둘 다 불과 관련된 마법 이었다. 마력이 상승하자 둘의 머리 위에 천사의 고리가 어렴 풋이 맺혔다.

'마법을 선신계 천사의 힘으로 가속시키고 있군.'

그녀는 무너짐이 아직 끝나지 않은 아틀라스의 머리를 의 식했다.

'아틀라스가 아직 죽지 않았다는 사실을 알리면 안 돼!'

머리의 절반 이상이 함몰됐음에도 불구하고 아틀라스의 목숨은 희미하게나마 붙어 있었다. 그것이 영겁의 시간 동안 증명된 티탄 신족의 생명력이었다.

"죽이겠어!"

쌍둥이들의 마법이 가공할 만한 속도로 완성되어 하이엘 바인을 노렸다. 수십 개 이상의 마법이 연달아 완성되는 모습 이 폭죽 축제처럼 장관이었다.

하이엘바인은 몸을 벽에 최대한 가까이 한 채 좌우로 움직 이며 그 화염탄들을 피했다.

그녀가 벽을 등진 이유는 마법이 가진 목표 추적 능력을 무력화시키기 위해서였다.

그 경험에서 우러나온 행동이 얼마나 효율적인지 증명하듯 화염탄들은 하이엘바인이 방향을 틀자마자 그녀를 따라가다가 벽에 부딪쳐 폭발했다.

마법의 무수한 폭발로 인해 티탄의 보금자리는 크게 요동쳤다.

천장은 금방이라도 붕괴할 듯 비명을 질렀고 아틀라스의 머리는 더욱 빨리 붕괴되었다.

힘의 과도한 소모로 인해 렘런트들의 머리에서 천사의 고리가 희미해졌다.

그와 더불어 마법의 완성 속도가 미묘하게 느려지자 하이엘바인은 본격적으로 적들에게 달려들었다.

그녀가 왼팔을 내밀었다. 파란색의 스펠다이얼들이 팔뚝에 팔찌처럼 떠올랐다.

스펠다이얼에서 나온 파란빛의 전류가 그녀의 손바닥에 스며들더니 이윽고 쌍둥이들에게 그물처럼 방출되었다.

고체도, 기체도 아닌 육체를 가진 쌍둥이들은 그 번개를 정면으로 얻어맞았다.

피하지 못한 게 아니었다. 피할 필요성을 느끼지 못한 것이다.

그들이 느낀 하이엘바인의 마법은 그만큼 나약했다.

　마법의 전류가 동굴 내에 존재하는 광물들과 반응하여 찌릿찌릿 흘렀다.

　전류는 쌍둥이들의 마법 폭격으로 인해 드러난 대량의 광석에 반응하고 있었다. 일반적인 생물이라면 그 여력만으로도 새카맣게 타버렸겠지만 쌍둥이들은 굳건히 형태를 유지했다.

　쌍둥이들은 몸에 흐르는 전류를 움켜쥐며 코웃음을 쳤다.

　"이런 저급한 마법으로 우리들을 죽이겠다고?"

　"창으로도 무리야!"

　쌍둥이 중 하나가 자신의 육체 일부를 방패 모양으로 변형시켜 하이엘바인과 맞섰다.

　"당신이 천사들에게 당해 무력해지는 것을 우린 똑똑히 봤다고!"

　하이엘바인은 쌍둥이의 방패를 창으로 찔렀다. 방패는 창을 아무런 저항 없이 빨아들였다.

　그렇게 하이엘바인의 창을 붙든 쌍둥이의 육체가 다시금 변했다. 이번에는 곳곳에 흉기가 불거진 불완전한 모습이었다.

　"깜짝 놀랐잖아? 괜히 그 남자를 흉내 내지 마."

　"흉내? 마법검 말인가?"

하이엘바인이 묻자 쌍둥이가 키득거렸다.

"맞아. 창을 든 주제에 마법검이라니, 웃기잖아?"

다른 쌍둥이가 하이엘바인의 뒤쪽으로 서서히 접근했다.

"보다시피 일반적인 마법은 우리에게 통하지 않아. 겉으로 흐를 뿐이지. 하지만 마법검이라면 우리를 충분히 위협할 수 있어. 정말 무섭다고."

방패로 검을 붙든 렘런트의 말을 다른 렘런트가 이어받았다.

"당신을 죽인다고 해서 우리들이 잃은 기회가 돌아오진 않겠지. 하지만 기분은 조금 풀 수 있을 것 같아. 리오 앞에서 당신의 시체를 넝마로 만들면 더 좋을 거고!"

하이엘바인의 눈썹이 미묘하게 움직였다.

"말이 많군."

그녀의 오른팔에서 스펠다이얼이 다시 떠올라 완성됐다. 방금 전과 똑같은 것이었으나 스펠다이얼들이 도는 방향은 반대였다.

스펠다이얼에서 비롯된 새파란 전류가 창으로 흘러들어 갔다.

"마법검은 내가 먼저 익혔다!"

마법검, 아니, 마법창이라고도 할 수 있는 힘의 강력한 전류가 하이엘바인이 앞서 뿌렸던 마법의 여력과 반응하여 맹렬하게 불꽃을 뿌렸다.

그 폭발적인 반응으로 인해 창을 붙들고 있던 렘런트의 형태가 바람에 맞은 밀가루처럼 팍 퍼졌다.

"으악, 아아아아악!"

몸이 흩어진 렘런트가 괴성을 질렀다.

하이엘바인 역시 자신이 만든 전기폭풍의 중심부에 있었지만 아무런 영향을 받지 않았다. 단지 따가움만 느낄 뿐이었다.

하이엘바인은 쌍둥이들의 비명을 들으며 마법검을 해제했다.

전기의 영향으로 인해 분해되어 있던 쌍둥이의 몸이 자력에 이끌린 철가루들처럼 서로를 이끌며 단단하게 뭉쳤다.

이도 저도 아닌 형태에서 단단한 고체의 형태가 된 렘런트는 땅바닥에 툭 떨어졌다.

창을 막대 모양으로 변형시킨 하이엘바인은 두 주먹을 가슴 앞에서 맞부딪쳤다. 하얀색의 빛이 그녀의 몸에서 올라와 동굴을 밝혔다.

현재 그녀가 쓸 수 있는 기술 중 그나마 제대로 돌아간다고 볼 수 있는 니벨룽겐리트였다.

"우선 네 원한을 짊어져 주마."

쌍둥이 렘런트들에겐 완전한 위기 상황이었다.

이럴 때일수록 냉정해야 한다.

여태껏 그들이 흡수한 모든 지식들이 폭풍우 속의 등대처럼 그렇게 지시했으나 쌍둥이 렘런트들이 기본적으로 갖고 있는 혈육의 정까지 넘어서진 못했다.

그들의 의식은 아무것도 없는 공간의 밑바닥에서 시작됐다.

처음에 그들은 멀리 떨어져 있었다. 그러나 세월이 흐르고 공간이동의 지식을 '누군가'에게 전수받으면서 그들은 우연히 만나게 됐다.

그 자리에서 둘은 아무런 의심도 없이 서로가 같은 피를 가진 쌍둥이라는 사실을 인식했다.

그들은 동포들로부터 큰 부러움을 샀다. 다른 것도 아니고 혈육을 가졌기 때문이다.

렘런트들 가운데 자신의 과거를 기억하는 자는 극소수였다. 그리고 그런 자들은 다른 렘런트들보다 강력한 힘을 지녔다.

쌍둥이는 그 극소수들 가운데 둘이었다.

여기까지 오는데 특별한 난관은 없었다. 그들은 계단을 오르듯 각종 미약한 생물부터 인간과 비슷한 수준의 생물들, 그리고 그들을 넘어선 고위생물들까지 문제없이 자신들의 것으로 만들었다.

그러나 그들은 시간이 갈수록 조급해졌다.

지금까지 침식시킨 생물들 가운데 분명히 존재할 것이라 생각했던 자신들의 원래 모습이나 과거가 전혀 존재하지 않았기 때문이다.

다른 렘런트들이 인내를 못하고 각종 사고를 저지르다가 결국 사냥당하는 가운데, 쌍둥이들은 서로를 의지하며 두려움을 달랬다.

그런데 그 소중함이 지금 허물어지려 하고 있었다.

"으아아아아!"

결국 남은 쌍둥이가 혈육을 구하기 위해 달려들었다.

하이엘바인이 금방이라도 터질 것 같았던 니벨룽겐리트의 방향을 그쪽으로 돌렸다. 남은 쌍둥이가 무작정 돌진할 것임을 애초부터 예상하고 있었던 것이다.

"멸망한 자들의 노래를 들어라!"

불어닥친 순백의 폭풍이 중력으로부터의 해방감과 공포를 쌍둥이에게 안겨줬다.

인지부조화를 일으킬 정도로 강력한 니벨룽겐리트 앞에 렘런트는 몸의 유지 능력을 잃고 먼지더미처럼 바닥에 쏟아졌다.

하이엘바인은 전투 능력을 완전히 상실한 렘런트들과 아직 목숨이 붙어 있는 아틀라스를 보며 창을 들었다.

그녀가 준비하는 기술은 지하드였다. 그녀의 몸에서 미약하게 피어오르던 황금빛이 서늘한 청색을 띠었다.

그 기술이라면 이 지하공간은 범위 안에 있는 모든 것들의 소멸과 함께 지하드가 미치지 않는 곳까지 확장될 것이다.

집중되는 힘이 그녀 주변의 공간을 지글지글 구겼다.

"고통은 없을 것이다."

하이엘바인의 눈빛은 차분함을 넘어 냉혹하기 그지없었다.

"언젠가……!"

니벨룽겐리트를 맞고 바닥에 쏟아진 쌍둥이의 한쪽이 외쳤다.

"언젠가 너도 우리처럼 사냥당할 거야! 쓸모가 없어지면 그렇게 될 거라고!"

하이엘바인의 손이 멈칫했다. 그러나 흥분하진 않았다. 어차피 그녀도 각오했던 부분이었다.

지하드의 청색 빛줄기가 그녀로부터 치솟아올랐다.

"사라져라, 자아를 잃은 자들이여! 지하드의 빛 속에서!"

"그렇게는 안 된다."

하이엘바인이 흠칫 놀랐다.

루이체가 승강기의 통로 밖으로 나왔다. 혼자 나온 것은 아니었다. 누군가에게 뒤쪽에서 목을 붙들린 채 번쩍 들려서 옮겨지고 있었다.

하이엘바인은 그 렘런트가 낯익었다.

민병대와 함께 움직일 때, 결정적인 순간에 리오를 방해했던 바로 그 큰 렘런트였다.

"하, 하이엘바인님……!"

루이체는 발버둥치지도 못한 채 렘런트가 요구하는 대로 움직이기만 했다.

렘런트가 경고하듯 눈을 번뜩였다.

"쌍둥이를 놔라. 그리한다면 나도 이 소녀를 무사히 돌려보낼 것이다."

렘런트가 하나 더 존재할 줄은 생각 못했던 하이엘바인은 매우 안타까워했다.

하지만 창은 거두지 않았다. 아틀라스가 아직 죽지 않은 상황에서 루이체를 위해 모든 것을 포기할 수는 없었기 때문이다.

"결정해라. 어서."

루이체를 잡은 렘런트가 그녀를 재촉했다.

하이엘바인은 문득 루이체가 빈손임을 목격했다.

"레플리카는 어찌 됐느냐?"

루이체가 고개를 좌우로 세게 흔들었다.

"분해 도중에 붙잡혀서, 그만……!"

"뭐라고?"

하이엘바인은 일이 걷잡을 수 없이 돌아갈지도 모른다는 느낌을 받았다.

                    *   *   *

같은 시각, 드워프들의 도시를 지켜보던 리오는 시간을 확인했다.

도시의 상황은 바뀐 것이 없었다.

부상자들을 옮기고 파괴된 장소를 살피는 드워프들의 움직임만이 분주할 뿐, 하이엘바인과 루이체는 특별한 신호를 보내오지 않았다.

시간이 갈수록 리오의 표정이 굳어졌다. 안에 들어간 동료들의 소식이 예상보다 늦어서였다.

스승의 옆에 가만히 앉은 채 정신수련을 하던 쑤밍도 결국 걱정이 되어 실눈을 뜨고 도시의 입구를 살폈다.

"괜찮겠습니까, 스승님?"

"글쎄?"

대답은 짧았으나 리오의 머릿속은 미궁처럼 복잡했다.

'드워프들이 문제를 일으킨 것 같진 않군. 그럼 뭐지?'

그 순간, 고민하는 리오와 쑤밍을 향해 하얗고 희미한 빛이 싹 밀려왔다.

움찔한 리오는 자리에서 벌떡 일어났다.

"뭐지?"

"이 지역을 감추는 힘이 사라졌지 말입니다!"

"그러니까, 왜? 갑자기 이렇게 될 이유가 없잖아?"

안쪽의 상황을 전혀 모르는 리오는 칼집에 들어 있는 디바이너의 자루 끝을 엄지손톱으로 툭툭 튕겼다.

심리적 압박에 의해 자신도 모르게 나온 행동이었다. 아마흡연자라면 이 상황에서 급하게 담배를 물었을 것이다.

생각을 거듭하던 그가 이윽고 입을 열었다.

"쑤밍."

"예, 스승님!"

마찬가지로 긴장했던 터라 쑤밍의 목소리도 컸다.

"저 땅속에 있다는 거인족이 과연 요툰헤임의 거인족일까?"

"거인족이 또 있습니까?"

"요툰, 티탄, 그리고 '반고'가 거인족의 분류 명칭이야. 그 외에도 좀 있지만 대충 셋으로 분류된다고 보면 돼."

"오오!"

쑤밍이 새로운 지식을 얻은 기쁨에 탄성을 터뜨렸다.

리오는 이 급한 상황에서도 설명이 나오는 자신이 놀랍고도 우스웠다.

얼른 자괴감을 떨친 그는 자신의 복장과 장비를 점검했다.

"요툰헤임의 거인족이 자신이 직접 땅으로 숨어들어 간 게 아니라면 티탄 거인족일 가능성도 있어."

"어째서 그렇습니까?"

"올림포스 신들이 자신들에게 패한 티탄들을 타르타로스라는 이름의 밀폐공간에 전부 가뒀거든. 저 장소가 만약 타르타로스이고 안에 갇힌 티탄이 살아 있다면 그놈들에게는 이쪽 상황을 함부로 밝혀선 안 돼. 여차 하면 제거해야 할 수도 있어."

"예?"

쌍꺼풀이 없는데도 커 보이는 쑤밍의 눈이 조금 더 커졌다.

"요툰과 티탄은 입장이 달라. 요툰은 자유로운 은둔자로서 시간을 보낸 놈들이 대부분인데, 티탄은 열이면 열, 전부 땅에 갇힌 채 모든 것을 원망하던 놈들이라고."

"하지만 갇힌 자들이 어떻게 할 수 있는 상황은 아니지 않습니까?"

"어떻게든 이 상황을 이용해서 우리에게 뭔가를 얻으려 할 수도 있어. 자신들이 렘런트들에 관한 중요한 정보를 가지고 있다며 거짓말을 하는 것 정도는 보통이겠지."

"왠지 위험하게 들리지 말입니다."

"그것뿐이 아니야. 너도 봤잖아?"

리오가 보란 듯이 두 팔을 슬쩍 벌렸다.

"방금 전까지 이 지역을 덮고 있던 힘이 사라졌어. 너도 이제 느낄 수 있을걸? 도시 안쪽에서 밀려 나오는 이색적인 힘을 말이야."

"예, 그렇습니다만……."

"이건 선신계 녀석들도 느낄 수 있어. 만약 내가 가브리엘이라면 지금쯤……."

도시 상공에서 갑자기 연푸른색의 빛이 강렬하게 터졌다. 리오와 쑤밍, 그리고 땅 위의 드워프들이 모두 그 빛을 올려다봤다.

조그만 점에 불과했던 빛은 기하급수적으로 부피를 늘렸다.

빛은 얼마 지나지 않아 본래의 모습을 되찾았다. 그것은 벌통 모양의 거대한 물체에 크고 작은 깃털들을 단단히 붙인 물건이었다.

선신계의 군함, 그것도 모함이었다.

모함을 이동시킨 빛이 사라지자, 모함이 차지한 부피만큼의 공기가 사방으로 밀려나며 폭풍이 일어났다.

갑작스런 폭풍에 응축된 공기는 고리 모양의 구름이 되어

서서히 퍼졌다. 땅에 불어닥친 폭풍은 작업하던 드워프들을 벌레처럼 날리고 짓이겼다.

"그래, 가브리엘이라면 당장 나타났을 거야."

리오가 씁쓸히 웃으며 말을 마무리했다.

"큰일입니다! 큰일이지 말입니다, 스승님! 장로 천사가 이끄는 모함이라면 전투천사의 숫자가……!"

쑤밍이 머리를 감싼 채 허둥대자 리오가 검지를 자신의 입에 대며 그녀를 침묵시켰다.

"쉿. 괜찮아. 우리가 들키지만 않으면 네가 생각하는 큰일은 벌어지지 않을 거야."

"예?"

"모함을 잘 살펴봐. 호위함도 없이 왔을뿐더러 멀쩡한 상태도 아니지?"

쑤밍이 고개를 앞으로 쭉 내밀며 모함을 자세히 살폈다.

리오가 하이엘바인을 구하면서 입힌 크고 작은 손상이 여전히 드러나 있었다.

"저 꼴을 보니 저놈들도 지원군을 받진 못한 것 같아. 그렇다면 전투천사의 숫자도 수십에 불과할 거야."

"예? 원래 모함에는 수백에서 수천 이상의 전투천사가 탑승해야 정상 아닙니까?"

"그 대부분을 하이엘바인님께서 정리하셨지."

"오오, 역시."

"음, 그런데……."

리오의 표정이 점점 굳어졌다.

깔때기처럼 아래로 내려올수록 좁아지는 모함의 하단에 노란색의 빛이 뭉치는 광경을 본 순간부터 그랬다.

"저 녀석들!"

하단에 맺힌 빛이 굉음을 일으키며 도시에 떨어졌다.

햇볕을 아득히 초월한 광량의 폭발이 드워프의 도시 스바르트를, 도시가 들어 있는 산 전체를 순식간에 집어삼켰다.

"엎드려!"

스승의 지시에 따라 쑤밍이 두 팔로 머리를 감싸고 바닥에 바짝 엎드렸다.

리오는 망토를 풀어 쑤밍을 덮은 뒤 전력을 다해 보호막을 전개했다.

'이를 갈고 있었군, 가브리엘!'

모함에서 뿜어진 빛은 천벌(天罰)이라 하여, 선신계에서 지상을 불태울 때 주로 사용하는 무기였다.

천벌에 맞은 지면은 고열로 인해 불타게 되고 결국 유리처럼 반들반들하게 변한다. 그 안에서는 그 무엇도 존재할 수 없다.

천벌에 직격당한 스바르트의 외부는 정상부터 빠르게 녹

아내렸다. 도시 자체는 화산의 중심처럼 달아올라 타기 쉬운 물건부터 차례로 증발했다.

드워프들의 비명은 어디에서도 들리지 않았다. 그들은 천벌이 떨어지는 순간 남녀노소를 가리지 않고 즉사하여 각자의 물건들과 함께 사라지고 있었다.

모함에서 천벌을 내리고 있는 자는 가브리엘이었다.

하이엘바인을 눈앞에서 놓친 일에 절치부심한 그는 겉으로만 차분했을 뿐, 실제로는 모든 수단을 동원하여 행성 전체를 감시하고 있었다.

또한 모함의 공간이동 능력을 항상 대기시켜서 의심스러운 힘이 발견되기만을 기다렸다.

그가 기다린 때가 바로 지금이었다.

도시를 완전히 소멸시킨 천벌의 빛줄기는 아틀라스가 갇힌 장소를 향해 서서히 내려갔다.

천벌의 영향을 받는 곳은 도시만이 아니었다.

바위와 모래만이 존재했던 도시의 주변은 리오가 막아내고 있는 장소만을 제외하고는 거의 녹아내렸다. 지표의 높이가 해수면보다 낮아질 정도였다.

천벌을 컨트롤하는 기계에 손을 대고 있던 가브리엘은 저 멀리 보이는 리오의 보호막을 보며 싱긋 웃었다.

"하이엘바인님의 모습이 보이지 않는군요. 아무래도 타르타로스 안에 계신 것 같습니다."

"아주 좋은 기회군요."

그의 옆에 서 있는 또 다른 장로 천사, 우리엘은 가브리엘보다 더한 복수심에 타오르고 있었다.

하이엘바인을 놓친 것뿐만 아니라 리오에게 직접 굴욕까지 당했던 그는 지금 당장에라도 모함을 뛰쳐나가 장로 천사로서의 압도적인 무력을 발휘하고 싶은 심정이었다.

"우리엘님께서는 저 남자에게 벌을 주십시오. 하이엘바인님과의 대화에 또다시 방해가 있어선 안 됩니다."

"그러지요."

우리엘이 뛰는 것에 가까운 걸음걸이로 함교를 나갔다.

가브리엘이 다시 천벌의 기계에 눈을 돌렸다.

"몇 초만 더 있으면 우리는 하이엘바인님을 다시 만날 수 있습니다. 우리도 모르는 타르타로스가 이곳에 있는 점, 그리고 지금에 와서 감지된 점이 신기하긴 하지만…… 상관없겠지요. 그깟 티탄이 이제 와서 무슨 의미가 있겠습니까?"

"그렇지요. 하지만 하이엘바인님이 티탄과 접촉한 이유는 알아봐야 하지 않겠습니까?"

"직접 여쭤보도록 합니다. 시간을 들여서, 정성껏."

가브리엘은 녹아들어 가는 땅의 모습에 다시 시선을 됐다.

　　　　　*　　　　　*　　　　　*

　하이엘바인은 방금 들은 루이체의 말을 믿고 싶지 않았다.

　"레플리카의 중추가 완전히 부서졌다고? 그럼 이곳을 감춰 주던 힘도 해제된 것이냐?"

　"얼마 남지 않았어요."

　하이엘바인의 질문에 루이체는 울먹이며 고개를 끄덕였다.

　정말 큰일이 닥치리라 생각한 하이엘바인은 루이체를 붙들고 있는 렘런트를 쏘아봤다.

　"그대는 어떻게 여기에 들어왔지? 이 거대한 감옥이 이곳에 있다는 사실은 주신계에서도 비밀이었단 말이다!"

　큰 몸집의 렘런트가 그녀의 분노에 맞서 눈빛을 부라렸다.

　"어떤 자가 우리에게 이곳을 가르쳐 주었지."

　"가르쳐 주었다고?"

　"그가 말한 장소에는 이곳으로 내려오는 비상구가 있었다. 도시를 거칠 필요조차 없었지."

　렘런트가 루이체의 목을 붙잡은 채 서서히 들어 올렸다.

　"원하는 대답을 들었다면 이제 내 동포들을 놔주겠나? 난 이 소녀에게 해를 끼치고 싶진 않아."

　하이엘바인은 상대를 한참 동안 노려봤다.

그러나 결국 창끝을 내리고 지하드의 자세를 풀었다. 그녀가 뿜어내던 새파란 빛도 급속하게 수습됐다.

쌍둥이들의 육체가 루이체를 잡은 렘런트 쪽으로 서서히 움직였다. 힘이 빠질 대로 빠진 탓에 형태는 회복하지 못했다.

"고맙군."

렘런트가 약속대로 루이체를 내려놓았다. 루이체는 발이 땅에 닿자마자 하이엘바인에게 달려가 그녀를 껴안았다.

"하이엘바인님!"

루이체는 가까스로 참고 있던 눈물을 단숨에 터뜨렸다. 그녀가 뒷목을 통해 간접적으로 느낀 렘런트의 느낌은 그만큼 두려운 것이었다.

자신들을 구하러 온 동포가 루이체를 그냥 놓아주자 쌍둥이들이 난리를 부렸다.

"어째서 저 녀석을 그냥 놓아준 거야! 당신이 붙들고 있던 존재는 우리가 접하지 못한 새로운 생물이었다고!"

"의식에 이상이라도 있나? 상황 파악을 전혀 못하는군. 난 가장 이상적이라고 생각한 방법을 택했을 뿐이네."

당당히 말하던 그의 거구가 옆으로 휘청했다. 그 충격에 천장의 바위들이 아래로 마구 떨어져 부서졌다.

하이엘바인은 루이체를 단단히 껴안아 보호하며 창을 위

로 들었다. 창끝에서 빛이 내려와 그녀들을 낙석으로부터 단단히 보호했다.

렘런트가 시선을 위로 했다.

"이것은?"

동굴 내부의 온도가 갑자기 상승했다. 아직 몸을 복구하지 못한 쌍둥이들에게 피해가 가자 거한은 둘에게 손을 뻗어 자신의 힘을 나눠 주었다.

하이엘바인은 어떤 강력한 힘이 바위마저 녹이면서 자신들 쪽으로 내려오고 있음을 감지했다.

"갑자기 무슨 일이냐? 루이체, 혹시 아느냐?"

"이건…… 아."

열기를 견디지 못한 루이체가 하이엘바인의 품속에서 의식을 잃었다. 거한 렘런트의 육체도, 거의 죽다시피 한 아틀라스의 머리도 흰 연기를 내며 타들어갔다.

하이엘바인은 온 힘을 다해 루이체에게 들어오는 열기를 차단했다.

하지만 상황은 극악이었다. 내부에 열을 쏟아내는 힘은 점점 가까워지는 반면 하이엘바인의 힘은 점점 약해졌다.

'왜 갑자기…… 이런 일이!'

그녀는 땅을 녹이고 있는 힘의 원천을 탐색해 봤다. 그녀의 정신파가 도시를 스치는 순간 그녀는 두 눈을 감았다.

드워프들의 도시가 느껴지지 않았다. 생명의 흔적은 말할 것도 없었다.

그들의 이야기, 그들의 가족, 그리고 그들의 목숨이 있던 자리를 대신하고 있는 것은 꿀렁꿀렁 끓고 있는 바위들이었다.

상공에는 익숙한 형태의 물체가 떠 있었다. 그것이 이곳에 열기를 쏟아 넣고 있는 원천이었다.

"선신계! 가브리엘인가?"

소리친 그녀가 더 크게 외쳤다.

"가브리엘이냐고 물었지 않느냐!"

루이체가 떨어뜨린 교신기가 열기를 견디지 못하고 터졌다.

그들을 덮치려던 열기, 천벌이 그 순간 멈췄다.

하이엘바인은 얼음의 마법을 난사하여 동굴 내부의 온도를 떨어뜨렸다.

내부가 냉각되자 그녀는 얼른 루이체의 상태를 살폈다. 열기에 혼란스러워진 몸 상태가 서서히 정상을 되찾았다.

지글지글 끓던 렘런트도 몸을 수복했다. 서서히 일어나 위를 쳐다본 렘런트의 눈빛이 흉하게 일그러졌다.

"뭔가 내려오고 있군."

이윽고, 그들의 머리 위에 있던 바위들이 일순간 분해되어 밀가루처럼 쏟아졌다.

햇볕이 구멍을 통해 아틀라스의 동굴 내부로 들어왔다. 하이엘바인은 잔잔한 음악과 함께 빛 속에서 내려오고 있는 천사들을 노여움이 일렁거리는 눈으로 지켜봤다.

수십여 명의 중무장한 천사들과 장로 천사, 가브리엘이 하얀 날개를 천천히 펄럭이며 하이엘바인의 머리 위에 모습을 드러냈다.

"이런 곳에 계셨습니까?"

가브리엘은 동굴을 둘러봤다.

"렘런트라는 찌꺼기들까지. 후후, 아틀라스는 몰라도 당신들 모두를, 너희들을 여기서 만나게 되다니, 정말 은혜로운 가호로군요."

그가 웃었다.

"타르타로스라……. 욕망에 젖어 살던 옛 신, 제우스가 티탄을 가두기 위해 만든 감옥이지만 하이엘바인님께도 제법 어울리는 듯합니다. 우리 신계의 일이 끝난 뒤엔 더욱 어둡고 습하며 숨조차 쉴 수 없을 만큼 좁은 곳으로 모시겠습니다."

"정숙하라!"

하이엘바인이 창 자루 끝으로 땅을 찍었다.

"왜 아무 관계 없는 드워프들까지 몰살시킨 것인가! 차라리 나를 직접 불러내면 됐을 것을!"

"제가 어찌 감히 당신을 불러내겠습니까? 이렇게 직접 마중하는 것이 예의이지요."

그의 대답에 하이엘바인이 분노했다.

"드워프들의 목숨은 안중에도 없다는 것인가?"

"실례지만 유기체들에 대한 이야기로 시간을 낭비하고 싶진 않습니다."

"이 녀석!"

하이엘바인이 노성을 터뜨리며 그를 향해 뛰어올랐다.

가브리엘은 벌레를 쫓듯 고개를 옆으로 저었다. 굽슬굽슬한 갈색 장발이 그에 따라 출렁거렸다.

보이지 않는 강력한 힘이 하이엘바인을 격추시켜 땅에 처박았다.

"얼마 전이라면 모를까, 지금의 당신은 굳이 '헤카테의 고리'를 다시 쓰지 않아도 수백 번 저승으로 안내해 드릴 수 있습니다. 자중하십시오."

그가 앞으로 쓰러진 하이엘바인 앞에 착지했다.

"얼마 만에 땅을 밟는 것인지 모르겠군요. 제대로 서 있을 자신이 없습니다."

그의 오른발이 하이엘바인의 뒤통수를 눌렀다.

"좀 도와주시지요."

"으으윽!"

하이엘바인은 쓰러진 채 주먹을 움켜쥐었다. 하지만 뒤통수를 시작으로 온몸을 압박하는 가브리엘의 힘에서 벗어나진 못했다.

"리오라는 남자가 당신을 또 도울 수 있을 거라 생각진 마십시오. 그쪽은 우리엘님이 성심을 다하고 있습니다."

가브리엘이 옆으로 눈을 돌렸다.

"우오오오오!"

몸의 일부를 몽둥이의 모습으로 바꿔 거머쥔 거한 렘런트가 가브리엘에게 달려들었다.

그가 전력을 다해 가브리엘의 머리를 후려쳤다. 하나 기세만큼의 시원한 소리는 들리지 않았다.

렘런트의 몽둥이는 가브리엘의 곱슬머리 한 가닥에 닿아 있었다. 그 머리카락 하나가 렘런트의 공격을 의미없는 일로 만든 주범이었다.

"아주 용맹한 렘런트군요."

하이엘바인을 떨어뜨렸던 가브리엘의 힘이 다시 치솟았다.

그 힘에 난타당한 렘런트는 한순간에 넝마가 되어 땅에 철퍼덕 떨어졌다.

몸을 유지시킬 힘까지 잃어버리면서 렘런트는 모닥불 옆

에 놓인 버터처럼 서서히 퍼졌다.

"이, 일어나! 일어나란 말이야!"

반쯤 형태를 되찾은 쌍둥이들이 겁에 질려 소리쳤다.

거한은 직접적으로 다른 생물들의 정보를 사냥한 일이 단한 번도 없는 괴짜일 뿐만 아니라 몸을 던져 동포들을 지켜주고 도울 줄 아는 자였다.

대부분의 렘런트들은 오로지 정보 공유만 할 뿐, 직접적으로 다른 동포들을 돕는 일은 거의 없었다.

그런 자가 허무하게 쓰러지는 모습은 쌍둥이들에게 큰 충격이자 절망이었다.

그들을 흘끔 본 가브리엘은 옆에 있는 전투천사에게 손짓을 보냈다.

거의 다 부서진 아틀라스의 머리에서 가까스로 붙어 있던 안구 하나가 땅에 떨어졌다.

렘런트를 향해 데굴데굴 굴러온 안구는 천사들이 어떤 조치를 취하기도 전에 거한 바로 옆에서 펑 터졌다. 그 안에 있던 액체들은 렘런트의 몸을 흥건히 덮었다.

액체들이 렘런트 속으로 빨려 들어갔다. 점점 희미해지던 렘런트의 눈빛이 흰색을 벗어나 주황색으로 이글거렸다.

"나는… 영웅……!"

그가 서서히 일어나 두 팔을 벌렸다.

렘런트의 몸이 구체적으로 변했다.

고체도, 기체도 아니었던 몸이 두껍고 매끈한 근육질로 바뀌었다. 다리는 말의 뒷다리처럼 튼튼했고 넓은 등판과 두 팔에는 근육이 만든 계곡이 빽빽했다.

갈색 머리카락이 잡초처럼 자라나던 머리에 투구가 씌워졌다.

사자의 머리를 본떠 만든 형태의 그 투구는 바위 속의 금속 분자들을 빨아들이면서 단단히 완성됐다.

투구뿐만 아니라 갑옷 전체가 그런 식으로 나타나 전신을 감쌌다.

황금색과 적색, 검은색이 적절히 조화된 갑옷은 렘런투의 완성된 육체에 맞춰 강건하고 육중했다.

마지막으로 사람 키를 넘어가는 길이의 둔기가 렘런트의 앞에 떨어졌다.

사자머리 투구로 머리와 얼굴 전체를 가린 그 렘런트는 둔기를 오른손으로 집어 들었다.

"나는 올림포스의 영웅! 제우스의 아들이자, 열두 개의 과업을 이룬 자!"

하이엘바인이 놀랄 정도로 강력한 힘이 그에게서 용솟음쳤다. 가브리엘의 표정에도 당황한 기세가 역력했다.

렘런트의 호흡이 급격히 가빠졌다.

"나의 이름은……!"

오랫동안 응축되어 왔던 그의 힘이 차마 말을 맺기도 전에 폭발했다.

CHAPTER 11
천공을 지나는 능선

한 마리의 짐승이 천벌에 의해 뚫린 구멍으로부터 지상으로 빠져나왔다. 늑대의 모습을 한 그 짐승은 아직 굳지 않은 돌 위에 보호막이 쳐진 발을 댄 채 머리를 연신 흔들었다.

늑대는 진한 주황색 털에 감싸여 있었다. 주변이 몽땅 녹아 평평해진 탓에 비교할 만한 물건은 없었지만 늑대의 덩치는 들소보다 크거나 그에 가까웠다.

갈증과 굶주림이 그 늑대의 눈을 흐리게 했다.

거품이 섞인 침을 뚝뚝 흘리던 늑대가 황급히 그곳에서 벗어났다.

지하에서 엄청난 밝기의 빛이 또 올라오고 있었기 때문이다.

그것은 아틀라스의 감옥에서 터진 폭발의 섬광이었다.

지하를 가득 채우고 지상까지 치솟아오른 빛은 가브리엘이 몰고 온 모함의 하단에 직격했다.

주황색 늑대가 모든 이들의 눈을 피해 저편으로 도망치는 한편, 구멍의 바로 위쪽에 정박하고 있던 모함은 아래에서 치솟은 빛에 밀려 기우뚱하더니 결국 내부 구조물을 토하며 관통되고 말았다.

그 선신계의 거대 함선은 치명상을 입은 괴물처럼 폭발음을 내지르며 땅에 추락했다.

생존자들이 모함 밖으로 황급히 빠져나왔다. 무사히 빠져나온 자들은 손에 꼽을 정도로 적었다.

부하들과 함께 리오가 있는 곳으로 날아가던 우리엘은 정체불명의 힘에 의해 추락한 모함의 모습을 넋 놓고 바라봤다.

"어찌 저런……? 가브리엘님은 대체 뭘 하셨단 말인가!"

소리친 그는 뒤편으로 창을 휘둘렀다. 보라색의 대검이 창에 가로막히면서 강렬한 불꽃이 튀었다.

리오가 검의 건너편에서 우리엘을 노려봤다.

"오랫동안 현장 근무를 안 해서 개념이 떨어졌나? 도대체 일을 어디까지 저지를 생각이지?"

"네놈 같은 젖먹이가 끼어들 일이 아니다!"

우리엘이 창을 들이밀었다.

장로 천사의 힘이 담긴 창은 묵직했다. 한 방에 중심을 잃어버릴 뻔한 리오는 우리엘의 다음 공격을 가까스로 막아낸 뒤 다급히 물러나 거리를 뒀다.

그런 그에게 우리엘의 부하들이 다가왔다. 여럿이 모여 조직적으로 움직이는 전투천사들은 리오로서도 만만하게 볼 상대가 아니었다.

"쑤밍!"

리오와 마찬가지로 대검을 든 말총머리의 여성이 스승에게 몰려드는 천사들을 흐트러뜨린 후 스승과 등을 마주하고 섰다.

"역시 제가 같이 가야 하지 말입니다!"

제자의 꾸중에 리오는 그냥 웃었다.

"알았으니 넌 전투천사들을 맡아. 난 우리엘을 맡을 테니까."

"맡겨주시지 말입니다!"

쑤밍이 자신의 검, 바이아덕트에 힘을 가했다. 붉은색의 빛이 디바이너보다 조금 더 크고 두꺼운 용족의 검에 깃들어 화려하게 빛났다.

먼저 움직인 쪽은 쑤밍이었다. 그녀가 다가오자 천사들은 벌처럼 재빨리 움직여 대열을 정비했다.

쑤밍이 왼팔을 내밀고 스펠다이얼을 전개했다. 은색의 빛이 다이얼을 타고 내려와 그녀의 손바닥에 맺혔다.

그녀가 방금 완성한 마법을 집어 던졌다. 은색 덩어리가 포탄처럼 날아오자 천사 중 하나가 방패로 그것을 가로막았다.

방패에 충돌한 마법 덩어리가 바위에 떨어진 빗물처럼 사방으로 흩어졌다.

어디까지고 날아갈 기세였던 마법의 잔해들이 갑자기 멈추더니 크고 작은 거울 조각으로 변했다. 그 거울들에게 완전히 포위된 천사들은 일단 방패로 대열의 사방을 막았다.

쑤밍이 숨을 크게 들이마신 뒤 볼이 부풀어 오를 정도로 힘껏 내뱉었다. 불과 번개가 뒤섞인 용족 특유의 숨결이 그녀의 조그만 입술에서 실처럼 가늘게 뿜어졌다.

"아니……?"

천사들이 일제히 흠칫했다.

용족이 인간의 모습을 한 채 자신의 숨결을 사용하는 것은 상당히 드문 경우였다. 확실히 확인된 경우는 현세대의 서룡족 제왕 정도였다.

그런데 서룡족의 제왕은커녕 계급도 느껴지지 않는 동룡족의 아가씨가 얇게 압축된 숨결을 쓴 것은 상당히 놀라운 일이었다.

"당황하지 마라! 막을 수 있는 수준이다!"

천사들은 숨결이 날아오는 방향을 향해 방패를 모았다.

잔뜩 긴장하고 있는 천사들의 눈앞에서 숨결의 방향이 위로 휙 꺾였다.

방패 바로 앞에서 숨결을 꺾은 주범은 쑤밍이 아까 깔아둔 마법의 거울이었다.

쑤밍의 숨결이 천사들 주변에 깔린 마법의 거울들 사이를 현란하게 오갔다.

동시다발적인 폭발이 천사들의 결계를 단숨에 날렸다. 결계가 풀린 뒤에도 계속 전해진 숨결들은 천사들의 갑옷 틈새를 예리하게 파고들었다. 심지어는 투구의 좁은 창 속까지 들어와 천사의 얼굴을 사정없이 불태웠다.

"으아아악!"

고통을 이기지 못하고 전투 불능 상태에 가까워진 천사들을 향해 쑤밍이 고속으로 날아갔다.

그다음은 일방적인 도륙뿐이었다. 쑤밍은 스승에게 배운 검의 기술을 자신의 적들에게 유감없이 퍼부었다.

뭔가 얻어낼 수 없거나 살려둘 가치가 없는 적은 확실히 처리하라. 그것이 리오가 쑤밍에게 가장 먼저 전달해 준 자신의 경험이었다.

천사들을 재생 불가 수준까지 짓밟은 쑤밍은 우리엘과 격전을 벌이고 있는 리오의 곁으로 곧장 이동했다.

망토가 거의 넝마가 되고 몸 곳곳에도 상처가 날 정도까지 싸우던 리오는 전투천사들의 느낌이 완전히 사라지자마자 공격 방식을 바꿨다.

"남자들의 싸움 방식에 대해 얼마나 알지?"

질문한 즉시 그가 돌진했다. 리오의 공격 방식에 대해 잘 알고 있는 우리엘은 방어할 준비를 했다.

'어깨로 들이받거나 시야 밖에서 들어오는 공격을 시도하겠지. 하지만 들어오는 속도를 봐서는…… 어깨다!'

창을 잡은 우리엘의 손이 미세하게 움직였다.

리오는 밀착하려는 찰나 디바이너를 놓고 칼자루 끝을 무릎으로 찼다. 검이 우리엘의 복부를 향해 날아갔다.

워낙 가까운 곳에서 기습적으로 들어온 공격이라 우리엘은 창을 내리고 방어할 수밖에 없었다.

결계를 통한 방어는 소용없었다. 방금 전까지 벌어진 난타전으로 인해 우리엘의 결계는 투척된 검의 공격에도 간단히 깨질 수준까지 깎여 있었다.

우리엘의 창에 막힌 디바이너가 저 멀리 지면을 향해 떨어졌다. 하지만 리오는 돌진을 멈추지 않았다.

검을 급히 막느라 허리를 앞으로 숙인 우리엘의 목이 리오의 팔뚝에 휘감겼다.

위에서 아래로 적의 목을 감은 리오는 곧바로 강하게 졸랐다.

인간을 비롯한 생물과 신체 내부 구조가 완전히 다른 천사에게 있어서 목 조르기는 그렇게 훌륭한 공격 방법이 아니었다.

그러나 무기를 이용한 전투의 수준이 다른 것처럼 조르기역시 그 수준이 달랐다.

목을 조르기 위한 것이 아니라 끊기 위한 것이었다.

"창을 잡은 채로 나를 떨어뜨리진 못할걸?"

"으으윽!"

완전 밀착한 상대에게 창을 제대로 쓰는 것은 무리였다. 그럼에도 불구하고 우리엘이 몸부림을 치자 리오는 역으로 그틈을 이용하여 우리엘의 뒤쪽에 달라붙었다.

"잔소리 같겠지만 난 남자의 뒤쪽에 달라붙는 취미는 없어. 외모만 남자라 해도 말이지."

"이 녀석!"

굴욕감 때문인지, 아니면 목에 계속해서 들어오는 통증 때문인지 우리엘의 안색이 험악해졌다. 머리 전체에 덩굴과 같은 것들이 부풀어 올라 요동쳤다.

쑤밍이 그들을 향해 전속력으로 날아왔다.

그녀의 오른팔에 진홍색의 스펠다이얼이 떠올랐다. 우리

엘은 그 빛이 플레어 버스터를 위한 것임을 단번에 눈치챘다.

"저걸 위해서… 날 붙잡고 있는 건가? 그렇다면… 멍청한 짓이다! 저 기술 한 번으로는… 장로 천사를 말살할 수 없다!"

"두 번은 어떨까?"

쑤밍의 플레어 버스터가 적중하려는 찰나, 리오가 우리엘의 등판을 무릎으로 찍으면서 벗어나 스펠다이얼을 전개했다.

스펠다이얼이 떠오른 왼팔에서 그 안에 숨겨진 그람이 나타남과 동시에 플레어의 힘이 그람에 깃들었다.

두 개의 플레어 버스터가 우리엘의 앞뒤를 동시에 때렸다.

등판과 복부에 마법검을 각각 박고 지나친 스승과 제자는 적에게서 벗어나는 타이밍조차 동일하게 맞췄다.

"크아아악!"

플레어 버스터의 폭발과 그람의 힘이 복합되어 가공할 만한 위력으로 우리엘의 몸을 조각냈다. 가까스로 남은 우리엘의 머리 일부와 날개 조각들이 땅으로 떨어지다가 민들레 씨앗처럼 작은 빛들로 산산이 흩어져 사라졌다.

"쓰러뜨린 겁니까?"

"아니."

그람을 얼른 거둔 리오는 저 밑 지면에 떨어진 디바이너를 다시 불러 손에 쥐었다.

"장로 천사는 불멸이야. 분자 단위로 소멸시켜도 다시 나타나지. 언젠가는 말이야."

제자를 돌아본 리오의 표정이 갑자기 이상해졌다.

"근데 넌 왜 울어?"

그의 말대로 쑤밍의 얼굴은 눈물로 엉망이었다. 우리엘을 쓰러뜨린 것에 기뻐서 흐르는 눈물이 아니라 긴장감이 풀리면서 터진 눈물이었다.

"엇나갈까 봐 무서웠지 말입니다!"

"엇나가긴 왜 엇나가? 네 타이밍은 내가 맞춘다고 말했잖아?"

"그래도……!"

"잘했어, 정말."

리오가 쑤밍의 앞머리를 힘주어 어루만졌다.

뭔가 해낼 때마다 스승의 체온을 두피로 느꼈던 쑤밍은 그제야 마음을 놓았다.

"너무 마음 놓지 마. 저 폭발 지역 내부에서 무슨 일이 일어나고 있는지 확인조차 안 되고 있어."

쑤밍이 바짝 긴장하여 리오가 가리킨, 모함을 격침시킨 빛이 올라온 구멍에 감각을 집중했다.

"확인 불명의 강력한 기운이 느껴지지 말입니다."

"그렇지. 그리고 그 기운이 가브리엘의 기운조차 제압하고 있어."

"어찌하면 좋겠습니까?"

"어쩌긴, 가봐야지."

리오가 앞서 출발하고 쑤밍이 뒤를 따랐다.

"아, 스승님. 아까 잠깐 쓰신 검은 대체……."

"묻지 마, 그건."

"옙."

리오의 목소리에 실린 무게에 눌린 쑤밍은 더 이상 묻지도, 남에게 말하지도 않기로 했다.

*   *   *

잠시 정신을 잃었던 하이엘바인이 이윽고 눈을 떴다.

그녀는 화산재에 덮여 죽은 모자(母子)의 모습처럼 자신의 품 안에 루이체를 꼭 껴안고 있었다. 키는 둘이 비슷했지만 그녀들이 살고 있는 세계에서는 그리 중요한 수치가 아니었다.

가브리엘은 건너편에 위치한 바위에 등을 댄 채 처박혀 있었다. 그 장로 천사는 의식이 또렷했고 눈도 멀쩡히 뜨고 있었으나 움직이진 않았다.

그 앞에는 방금 전에 폭발을 일으킨 주범이 자신의 몸을 감싼 철갑을 살피는 중이었다.

아예 넝마가 된 채 햇볕을 맞고 있는 아틀라스의 머리가 그 철갑의 사내를 향해 꾸물거렸다.

"기분이 어떤가, 헤라클레스여?"

철갑의 사내가 아틀라스 쪽을 봤다.

"아틀라스, 올림포스의 티탄이여. 헤스페리데스의 황금사과가 당신을 여태껏 살아남게끔 만들어주었구려."

"네메아 사자의 저주는 아직 풀지 못했나?"

철갑의 사내, 올림포스의 신족이자 그들의 역사상 가장 위대한 영웅, 헤라클레스는 자신의 머리와 얼굴을 완전히 감싼 사자머리의 투구를 만졌다.

"우리는 저주를 초월하여 생사고락을 함께한 친구가 되었소."

"여전히 긍정적인 사고방식이군."

아틀라스의 머리에서 흘러나온 연푸른 기운이 헤라클레스에게 다가왔다.

"내가 가지고 있던 올림포스의 모든 지식과 역사를 자네에게 물려주겠네."

아틀라스의 기운은 작은 단검으로 변해 헤라클레스 앞에 떠올랐다.

"그 단검으로 렘런트가 된 동포들을 찌르게. 그러면 올림포스의 동포들이 모두 제 모습을 되찾게 될 것이야."

헤라클레스는 단검을 손에 쥐고 그것을 살폈다.

"나 혼자 그 과업을 달성하란 말이오?"

"아니지. 나 역시 도울 것이네. 그러니 날 여기서 꺼내주게."

"어찌하면 되오?"

"자네는 잃어버린 힘을 되찾았을 뿐만 아니라 렘런트로서의 능력도 아직 갖고 있다네. 렘런트의 능력은 얼마 있다가 사라질 테니 어서 날 흡수하여 재생시켜 주게. 지금의 난 그 어떤 동포도 도울 수 없네."

잠시 땅속으로 피신했던 쌍둥이들이 그제야 스멀스멀 올라왔다. 아직 회복은 못했는지 올라오는 속도는 느렸고 형태도 불완전했다.

"그래, 어서!"

"어서 우리도 본모습을 되찾게 해줘! 우리가 누군지 알고 싶단 말이야!"

쌍둥이들을 잠시 바라본 헤라클레스는 아틀라스의 머리 쪽으로 다가갔다.

"멈추게!"

그녀는 소리친 뒤에야 힘겹게 일어났다.

가브리엘은 기척을 숨긴 채 그녀를 흥미롭게 지켜봤다.

"헤라클레스여, 이성적으로 행동하게! 한 번 사라졌던 신계가 다시 부활하면 이 세상은 걷잡을 수 없는 혼란에 휘말리게 되네!"

헤라클레스가 우뚝 멈췄다.

"하이엘바인이여, 천공의 울림이라는 위대한 이름을 지닌 자여, 아스가르드의 신족인 그대가 어째서 하이볼크와 그 무리들을 걱정하는 것이오?"

"걱정? 그자들을 걱정해서 내가 얻는 것이 뭐란 말인가!"

그녀가 팔을 높이 들더니 검지로 아득한 위쪽을 가리켰다.

"저곳에 수천의 목숨이 있었네! 방금 전까지만 해도 존재했던 생명들이, 세상에 태어나길 기다리던 생명들이 한순간에 사라졌단 말일세!"

엄밀히 말하자면 헤라클레스와 렘런트의 탓만은 아니었다. 그렇다고 해서 하이엘바인이 드워프들의 죽음을 그들에게 돌리는 것도 아니었다.

그녀는 죽음 그 자체를 문제 삼고 있었다.

하이엘바인은 루이체가 준 아리스톤의 무기를 다시 잡고 창으로 바꿨다.

"그들뿐만이 아닐세! 자아를 찾겠다는 욕망으로 그대들이 지워 버린 생명은 얼마나 되는가? 더불어 파괴한 이야기는 얼마나 되는가! 신계의 충돌까지 연쇄된다면 지금까지의 일은

비극의 첫 글자에 지나지 않네!'

그녀는 온몸을 저미는 듯한 통증을 이겨내며 창을 똑바로 거머쥐었다.

"만약 그대와 그대의 동포들이 의지를 관철하겠다면 나, 하이엘바인이 결단코 막을 것이네!'

"그렇군."

헤라클레스는 등에 차고 있던 자신의 금속제 둔기를 들었다.

폭발의 빛이 구멍 속에서 다시 치솟았다. 마침 가까이까지 왔던 리오는 더욱 속도를 높여 구멍 속으로 낙하했다.

지면을 움푹 꺼뜨리며 착지한 리오는 아까 전부터 느꼈던 강력한 기운 쪽으로 디바이너를 겨눴다.

그는 앞에 벌어진 상황을 얼른 이해하기가 힘들었다.

헤라클레스가 휘두른 둔기의 밑에는 거의 다 무너진 아틀라스의 머리가 있었다.

"나, 나에게 무슨 짓인가……!'

"아틀라스여, 당신은 나에게 많은 것을 가르쳐 줬소. 내가 누구인지, 그리고 당신이 정확히 무엇을 꾸미고 있는지."

"무슨… 설마?'

헤라클레스의 둔기가 터지듯 빛을 뿜었다.

"그분의 뜻대로 되진 않을 거요."

"우오오오!"

아틀라스의 남은 육체가 헤라클레스의 힘에 못 이겨 완전히 타들어갔다.

그의 모든 것이 흔적조차 남지 않은 것을 확인한 헤라클레스는 둔기를 다시 등에 찬 뒤 갑작스런 상황에 어쩔 줄을 모르는 쌍둥이들에게 다가갔다.

"동포들에게 돌아가라, 쌍둥이들이여."

"무슨 말이야? 돌아가라니?"

"우리의 원래 모습을 가르쳐 줘! 그 단검으로 가르쳐달란 말이야!"

"그렇게는 못한다."

헤라클레스는 아틀라스가 자신에게 남긴 단검을 갑옷 속에 단단히 넣었다.

"왜!"

"어째서 혼자만 즐기려는 거야!"

"즐겨?"

투구 속에서 아른거리는 헤라클레스의 주황색 안광이 위압감을 품었다.

"이것은 나 혼자 짊어질 저주다."

그가 이어서 하이엘바인을 봤다.

"아스가르드의 위대한 신족이여, 이 일은 그대가 생각하는 것만큼 단순하지 않다오. 가능하다면 그대도 이 일에서 손을 떼시오."

말을 마친 헤라클레스의 투구에서 불꽃이 튀었다.

리오보다 조금 늦게 구멍 밑으로 내려온 쑤밍은 밑에서 확 올라오는 투기에 공포를 느꼈다.

헤라클레스는 자신의 투구를 스친 보라색의 대검을 손으로 잡은 채 버티고 있었다.

사자머리의 투구 위로 붉은 장발의 끝이 지나갔다.

"가시려고? 나와 인사는 좀 해야지?"

헤라클레스가 리오에게 주먹을 뻗었다. 공격을 어렵게 피한 리오는 헤라클레스의 둔기가 닿지 않을 거리까지 물러났다.

그를 한참 살펴본 헤라클레스는 둔기에서 손을 뗐다. 당장 싸울 의사는 없다는 표시였다.

"난 올림포스의 신족, 헤라클레스다."

"허, 그러시군."

냉소가 리오의 얼굴에 스쳤다.

겉으로는 그런 반응을 보였지만 리오는 분명히 그 이름을 알고 있었다. 또한 헤라클레스라는 이름의 값어치가 얼마나 되는지도 뚜렷이 인식하고 있었다.

"이렇게 다시 보게 되어 반갑군, 주신계의 리오여."

"나를 아나?"

리오의 검붉은 눈썹이 기묘하게 뒤틀렸다.

"자네의 이름은 쌍둥이들에게 들었다."

"쌍둥이들에게? 무슨 수로?"

"아직 깨닫지 못했군. 난 방금 전까지 렘런트라고 불렸다네. 그리고 이 자리에서 각성했지."

리오가 눈을 부릅떴다.

'렘런트가 올림포스의……?'

헤라클레스가 말을 이었다.

"일단 지금은 우리들이 무기를 맞댈 이유가 없을 것 같군. 나에 대한 의문에 앞서 하이엘바인님께 신경을 쓰게나."

리오는 초감각으로 하이엘바인의 상태를 확인해 봤다. 쑤밍에게 부축을 받고 있는 그녀는 모함에서 구출했을 때와 마찬가지로 기진맥진해 쓰러지기 직전이었다.

"무기를 맞댈 이유가 왜 없는지 설명을 좀 해주실까? 안 그러면 나도 위에서 문책을 받거든."

"설명이라……. 세상이 달라졌군."

헤라클레스의 그 말에 하이엘바인은 의식이 가물가물한 상태에서도 동감을 느꼈다.

"자네의 상부라면 하이볼크도 포함되겠지? 그렇다면 이 자리에서 확실히 말하겠네. 하이볼크의 하수인이여, 난 사건을 확대시키길 원치 않네. 그렇다고 해서 그대에게 협력하겠다는 말도 아니라네. 방치도, 사냥도 모두 받아들이겠네. 나를 선택한 운명의 뜻에 따라서!"

목소리에서 강한 의지와 각오가 느껴졌다.

"흠, 그렇다면 당신은 나와 내 일행이 각성시켰나?"

"뭐라고?"

"우리들이 당신의 각성에 관련되어 있냐고 물었어."

리오로서는 마음의 동요를 최대한도로 짓이기고 내놓은 질문이었다.

"무엇을 원하는 질문인지 모르겠지만 나의 각성은 누군가가 이 장소를 알려주면서 시작됐지. 우연일지, 아니면 계획적인 것일지 몰라도 난 그것조차 받아들일 것이네!"

리오는 상대가 말이 안 통하는 성격이라고 느꼈다.

"좋아. 목소리 한번 좋군."

리오는 디바이너를 내렸다.

"그럼 당신 갈 길 가봐. 나중에 기회 되면 보자고. 내가 꼭 찾아갈 테니까."

리오의 마지막 말에 살기가 언뜻 스쳤다.

고개를 살짝 끄덕여 그의 뜻에 응한 헤라클레스는 아직 바닥에서 기고 있는 쌍둥이들을 두 손으로 각각 거뒀다.

"놔! 놓으란 말이야!"

"네놈 따윈 꼴도 보기 싫어!"

쌍둥이들이 발버둥을 치든 말든 헤라클레스는 구멍 위로 힘차게 솟구쳐 올라갔다.

"자, 이제 남은 건 네놈이군."

리오가 가브리엘을 봤다.

그때까지 조용히 있던 가브리엘이 똑바로 일어나 옷에 묻은 흙먼지를 힘으로 털어냈다.

"우리엘님을 이렇게 빨리 이겨내시다니, 예전에 비해 정말 강해지셨군요. 하지만 헤라클레스를 그냥 놓아준 것은 납득할 수 없습니다."

"그래서?"

"반드시 적절한 대가를 치르시게 될 테니 각오하십시오."

"아, 그래. 알았으니 나에게 다 뒤집어씌울 생각은 하지 마."

리오는 가브리엘을 향해 교신기를 흔들었다.

"이 교신기의 기록은 법적인 증거물로서 공인받는 사실은 잘 알지?"

그가 교신기를 조작하자 아까 헤라클레스가 했던 이야기들이 그대로 재생됐다.

"믿음이 부족한 분이군요."

가브리엘이 쓴웃음을 지었다. 리오가 어깨를 으쓱했다.

"모든 인간관계는 불신에서 시작하지. 본능적인 거라고."

"후후, 후후후후⋯⋯."

가브리엘이 날개를 활짝 편 후 훌쩍 승천했다.

가브리엘은 하얗게 열린 공간의 길을 열고 안으로 들어갔다. 주변에서 방황하던 천사 생존자들이 그의 지시에 따라 공간의 길 속으로 뛰어들었다.

공간의 길이 닫힐 때까지 리오와 가브리엘의 시선이 매섭게 격돌했다.

가브리엘이 사라지자마자 리오는 왼손으로 얼굴을 쓸어내리며 한숨을 쉬었다.

"후우."

찝찝한 분노가 그의 튼튼한 심장을 괴롭혔다. 이번 일 때문에 멸망한 도시가 두 개이고, 희생자들은 1만 명에 육박했다.

인간적으로 심장이 편할 리가 없었다.

머릿속도 복잡했다.

적들이 단순히 누군가의 목숨만을 노리는 자였다면 리오 역시 복잡하게 생각할 필요가 없었다. 하지만 아니었다. 뭔가 꼬여도 단단히 꼬인 상황이었다.

'헤라클레스라니⋯⋯.'

헤라클레스는 옛 신계 중 하나인 올림포스의 영웅이자 신족으로서, 만약 올림포스에서 애초에 항복하지만 않았더라면 하이엘바인과 맞먹는 용맹을 떨치고도 남을 존재였다.

그런 자가 렘런트로 꿈틀거리다가 헤라클레스로서 각성한 것은 신계가 뒤집어지고도 남을 만큼 큰일이었다.

'미쳐 돌아가는군.'

그는 입속이 씁쓸했다. 생화학적인 씁쓸함이 아니라 복잡한 분노였다.

"스승님."

쑤밍이 그를 불렀다.

"일단 여기를 벗어나는 게 좋을 것 같지 말입니다."

"아, 그래."

그는 두 손바닥 밑 부분으로 양쪽 관자놀이를 눌러 이성적인 사고를 자극했다.

"너는 루이체를 맡아. 난 하이엘바인님을 모시지."

"예, 스승님."

쑤밍은 친구를 조심스레 등에 업었다.

하이엘바인은 아직도 창을 든 채 버티고 있었다. 두 다리는 덜덜 떨렸고 눈도 반쯤 풀렸지만 창을 잡고 있는 손은 허술하지 않았다.

리오가 그녀에게 다가갔다.

"제가 부축해 드리겠습니다."

"드워프들이 몰살됐네."

그녀의 맥없는 목소리에 리오가 멈칫했다. 친구를 부축하던 쑤밍은 안쓰러운 시선을 그녀에게 보냈다.

그녀가 드워프들과 관련된 이야기를 할 것이라 어느 정도 예상했던 리오는 담담한 얼굴로 그녀를 봤다.

"얼마 전에 죽은 엘프들까지 포함하면 1만이 넘거나 조금 안 될 겁니다."

"1만? 1만이라고?"

희미하던 그녀의 눈빛이 되살아났다.

"어째서 그들이 죽어야 한단 말인가? 그들은 아무 죄도 저지르지 않았네! 헛된 신을 찬양하지도 않았고, 스스로 신이 되려고 하지도 않았네! 그냥 죽었단 말일세! 그걸 숫자로 내뱉는 자네는 도대체 얼마나 무서운 사람이란 말인가!"

"적응이란 원래 무서운 겁니다."

한 점의 변화 없이 내놓은 그 한마디가 하이엘바인의 의식을 꿰뚫었다.

쑤밍은 시선을 다른 곳으로 돌렸다. 그녀는 자신의 스승이 여태껏 적이 아니라 '임무'와 싸워왔음을 알고 있었다.

하이엘바인이 시무룩하게 창을 거뒀다.

비틀거리는 그녀를 부축한 리오는 공주님을 안듯 그녀를 두 팔로 든 채 그 자리를 떠났다.

                    *   *   *

　드워프들의 도시가 있던 곳에서 벗어난 리오 일행은 인근의 작은 동굴에 캠프를 만들었다.

　밤이 됐는데도 돌이 타는 냄새가 진동했다. 그들이 지하를 빠져나왔을 때보다는 많이 가셨지만 그래도 심각한 수준이었다.

　동굴 벽에 기대어 앉은 하이엘바인은 실연당한 사람처럼 도시가 있던 자리를 멍하니 지켜보고 있었다.

　도시의 흔적은 없었다. 그 대신 천벌에 유리화된 지면이 별빛을 받아 반짝거렸다. 하이엘바인은 그 빛들이 죽은 드워프들의 영혼일지도 모른다고 생각했다.

　그 와중에도 바쁜 사람은 역시나 리오였다.

　몇 시간에 걸쳐 자신의 교신기에 루이체의 교신기 내에 들어 있는 정보를 옮길 수 있는 데까지 옮겨본 그는 작업이 끝나자마자 곧장 루이체의 상태를 살폈다.

　렘런트와 직접적으로 접촉한 이상 언제 어떻게 문제가 생길지 모르기 때문이었다.

　여태까지도 이상은 없었다. 교신기 내의 진단 결과도 정상이었다.

　리오는 누워서 자신을 지켜보는 루이체에게 자신의 망토

를 덮어주었다.

"쑤밍이 돌아올 때까지 덮고 있어."

"오빠."

루이체가 그를 힘겹게 불렀다.

"왜?"

"나 이대로 죽는 걸까?"

교신기의 모서리가 루이체의 이마 한가운데에 푹 떨어졌
다.

"으악!"

리오는 이마를 잡고 굴러다니는 루이체를 보며 혀를 찼다.

"철이 없어, 애가."

"잘못했어요, 으……!"

루이체가 숨어들어 가듯 망토를 뒤집어썼다.

조금 뒤 쑤밍이 핏물까지 싹 뺀 고깃덩어리를 들고 돌아왔
다. 마법으로 냉동시킨 그 고기는 분홍색 살코기와 흰색의 지
방이 선명하게 구분되어 리오의 눈을 만족시켰다.

예전에 하이엘바인이 먹는 것을 보고 충분히 놀랐던 쑤밍
은 고기의 양도 넉넉하게 맞춰왔다.

"다녀왔습니다, 스승님!"

"이젠 정육점을 해도 되겠네. 손질 잘하는걸?"

"그래도 아직 요리는 못하지 말입니다."

리오의 칭찬에 쑤밍은 상당히 부끄러워했다. 리오는 일단 고기를 받으면서도 의아해했다.

"이번에야말로 묻고 싶은데, 너랑 루이체는 요리를 못하는 거야, 아니면 안 하는 거야? 작년에 여행할 때도 내가 했잖아? 다 큰 애들이 그러는 건 아무리 생각해도 의도적인 것 같은데?"

"오, 오해이시지 말입니다."

쑤밍이 시선을 피했다.

처음 불 위에 올린 고기들이 익어갈 무렵, 리오는 넋 놓고 도시 쪽을 바라보는 하이엘바인을 어떻게 불러야 할까 고민했다.

남자라면 억지로 끌고 와서라도 먹일 자신이 있었지만 하이엘바인은 일단 여자인데다가 신족이며, 오딘의 가족이기에 결코 함부로 대할 수가 없었다.

그런데 그녀가 알아서 일어나 리오의 건너편에 앉았다. 리오는 일단 안도했지만 불안감은 가시지 않았다.

하이엘바인은 접시에 고기가 담겨오자 포크와 나이프를 열심히 움직여 꾸역꾸역 먹었다.

"괜찮으십니까?"

리오의 걱정에 그녀는 고개를 끄덕였다.

"그들을 이대로 죽일 수 없네."

리오는 이미 죽은 자들이며 시신조차 수습할 수 없는 상황인데 그녀가 무슨 소리를 하는 것인지 이해가 안 됐다.

그녀는 큼지막하게 자른 고기 한 덩이를 다시 입에 넣었다.

"이번에 죽은 엘프들과 드워프들 모두 삶과 싸워온 자들이네. 가장 위대한 전사라고 해도 과언이 아니지."

"……."

"어찌 보면 가장 치열한 전쟁터에서 살아가던 자들일지도 모르네. 창칼을 동원한 전쟁은 승자가 결정되면 바로 끝나지만 삶은 그렇지 않거든. 오로지 죽어야만 끝나는 싸움이니까."

그녀의 눈을 출발해 턱 밑에 고인 물이 접시의 기름 얼룩과 섞였다. 리오는 그런 그녀의 모습에 한숨조차 쉬지 못했다.

"난 오늘 본 부조리와 끝까지 싸울 것이네."

"상부에서 막을지도 모릅니다."

이성적인 리오의 그 대답은 그가 지금까지 어떻게 싸워왔는지를 함축적으로 말해주고 있었다.

그녀가 깔끔히 비운 접시를 리오에게 내밀었다.

"각오한 바이니 내게 싸울 힘을 주게! 우선 고기부터!"

리오는 횃불을 받아 일렁거리는 그녀의 파란 눈동자를 보며 접시를 받아 들었다.

'고기를 강조하시지만 않으면 감동했을 거야.'

그뿐만 아니라 루이체와 쑤밍도 그리 생각했다.

고기가 가득 담긴 접시를 받은 하이엘바인은 눈물도 닦지 않고 열심히 고기를 씹었다.

'그래도 강한 분이시군.'

그녀가 오랫동안 멍하게 시간을 보내지 않을까 걱정했던 리오는 일단 안심했다.

더불어 앞으로 뭘 해야 할지 심각하게 고민했다.

루이체의 교신기에서 백업받은 정보는 완전하지 않았다. 특히 어디서 무엇을 하라는 일정은 깔끔하게 날아간 상태였다.

시간이 갈수록 커지는 문제들이 리오의 어깨를 무겁게 했다.

"한 그릇 더 주게!"

고민하는 그의 눈앞에 하이엘바인이 접시를 들이밀었다. 전에도 그랬지만 굉장한 속도였다.

[스승님, 하이엘바인님은 육즙의 느끼함을 못 느끼시는 것 같지 말입니다.]

고기보다는 채식을 즐기는 편인 쑤밍에게 있어서 하이엘바인의 식욕은 실로 충격적인 것이었다.

[이것이 말로만 듣던 육욕(肉慾)이군요!]

[틀려.]

리오는 제자의 쓸데없는 걱정을 뒤로하며 접시에 고기를 담았다.

"드릴 테니 눈물은 좀 거두시지요."

"전사의 눈물은 값진 것이네!"

"음, 예."

리오는 눈을 부릅뜬 채 울면서 접시를 내미는 그녀의 모습에 더 이상 무슨 말을 할 수가 없었다.

'뭐, 세상 탓하며 드러누우시는 것보다는 낫지.'

리오는 적어도 오늘 저녁만큼은 여유있게 시간을 보내기로 마음먹었다.

그리고 그 다음날.

점심 무렵까지 푹 자고 일어난 일행은 식사를 하기에 앞서 빙 둘러앉아 어제 있었던 상황을 종합했다.

"아틀라스가 레플리카의 제거를 의뢰했다는 말씀이시군요?"

주도하는 사람은 리오였다.

일을 직접 기록하여 분석하는 성격이 아닌데도 불구하고 일부러 하는 이유는 어제 자신이 보지 못한 부분 가운데 미심쩍은 곳이 너무 많아서였다.

그의 질문에 하이엘바인은 지나칠 정도로 진지한 표정을 지었다.

"변명할 생각은 없네만 그때까지도 그가 말한 주신계의 기계가 레플리카라는 사실은 알지 못했네."

"흠, 정정하겠습니다. 계속 말씀하시죠."

그가 기록을 수정했다.

"그는 주신계의 기계를 처리해 준다면 렘런트의 정체를 가르쳐 준다고 했네."

하이엘바인의 대답에 리오가 정색했다.

"그 말을 믿으신 겁니까?"

하이엘바인이 큰 소리에 놀란 고양이처럼 찔끔 움직였다.

"그, 그렇진 않네."

"그럼 어째서 저와 논의도 없이 레플리카를 처리하신 겁니까?"

"아틀라스의 말이 나의 가슴을 뜨겁게 만들었네!"

하이엘바인의 떳떳한 모습에 할 말을 잃은 리오는 자신도 모르게 눈을 질끈 감아버렸다.

현장에 하이엘바인과 함께 있었던 루이체는 부끄럽기도 부끄러웠지만, 불똥이 자신에게 튀지 않을까 하는 걱정에 마음을 졸였다.

'제발 제 권한으로 덮을 수 있는 사건을 저질러 주십시오.'

리오는 화를 내야 할지, 아니면 이해해야 할지 고민하다가 일단은 좋은 쪽으로 생각하기로 했다.

"흠, 같은 옛 신족으로서 동질감을 느끼셨군요."

"역시 이해해 주는군!"

그녀가 감동했다. 그리고 그 감동만큼 리오의 심장은 타들어갔다.

그의 표정까지 슬슬 이상해지자 하이엘바인이 오른손으로 자신의 입가를 덮었다.

"아, 미안하네. 추태를 보였군. 브리간트에게 갇혀 지낸 기억 때문에 그런 성급한 결정을 내렸네. 내 책임일세."

그녀는 자신의 실수를 깨끗이 인정했다.

정말 나쁘게 보자면 그녀의 그 성급함이 선신계 모함의 등장과 드워프들의 몰살, 그리고 헤라클레스 각성의 원인이라고 할 수 있었다. 특히 레플리카와 관련하여 리오와 논의하지 않은 것은 치명적이었다.

하지만 그녀를 꾀어 이득을 얻으려 했던 아틀라스조차 자신이 헤라클레스의 손에 소멸될 줄은 몰랐던 혼란 상황이었기에 그녀에게 책임을 전가시키는 것은 무리였다.

무엇보다 그녀를 루이체와 단둘이서 내려보낸 사람은 리오 자신이었다.

리오는 지금까지의 이야기를 녹음하면서 교신기 밖으로 뿜어지는 가상의 문자판을 이용해 문서로서 다시 정리했다.

"이제 레플리카에 대해 얘기해 보도록 하지요."

"그래도 되겠나?"

하이엘바인이 머쓱한 표정을 지었다.

"예?"

리오가 의아해하자 그녀의 얼굴이 더욱 어두워졌다.

"아니, 내가 생각해도 처벌받아 마땅한 일 같네만……."

그녀가 말끝을 흐리자 리오는 고개를 갸웃거렸다.

"저에겐 하이엘바인님을 처벌할 권한도 없을뿐더러 지금
은 청문회를 하는 것도 아닙니다. 그리고… 예, 편하게 생각
하십시오."

어차피 주신계에선 엘프와 드워프의 대량 몰살 정도는 대
수롭지 않게 생각한다.

특히 이번 경우는 선신계와 렘런트, 올림포스의 잔재라는
명백한 이유가 있기에 오히려 자연재해에 의한 몰살보다 더
낫다고 여긴다.

리오는 그 말을 꺼내려다가 그만두었다. 자신도 그런 비인
간적인 구조에 적응하기 위해서 상당한 시간을 소비했기 때
문이다.

'죽을 맛이었지, 사실.'

내심 중얼거린 그는 다음 얘기를 계속했다.

"이 부분은 루이체가 얘기하는 편이 낫겠군. 접촉했던 레
플리카에 대해 자세히 말해봐."

"응."

몸을 바짝 굽히고 앉아 있던 루이체가 등을 조금 폈다.

"해당 레플리카는 피엘 플레포스 비서관님의 현역 시절 기록을 사용한 레플리카였을 뿐만 아니라 교신기에 등록이 안 되어 있었어. 그리고 기능상에 문제가 있었지, 중력을 제어하는 중추가 망가져 있었거든."

"중추가 망가져서 등록 확인이 안 되었을 가능성은?"

"전혀 없어."

"흠."

리오는 교신기 위에 널찍하게 떠오른 가상의 문자판을 두드려 내용을 입력했다.

"비서관의 레플리카일 뿐만 아니라 세 개의 중추를 가졌고, 하이엘바인님을 골치 아프게 만들었다는 것은… 틀림없이 규격 외의 물건이군."

그의 동료들이 깜짝 놀랐다.

"혹시 알아, 오빠?"

"조금."

그는 문자판을 두드리던 손을 잠시 풀었다.

"삼신계(三神界) 사이에 제정된 법규에는 레플리카가 가질 수 있는 능력에 대한 제한 규정도 있어. 그게 바로 규격이지. 너도 알다시피 레플리카는 기록을 실체화하는 기계야. 기록에 10이라고 적혀 있으면 10의 힘을 정직하게 내지."

리오가 루이체를 봤다.

"그런데 누군가가 기록에 적힌 수치 뒤에 0을 몇 개 더 붙이면 어떻게 될까?"

"붙는 만큼 무서워지겠지."

"맞아. 그래서 규격이 생긴 거야. 그 규격 제한 때문에 레플리카의 힘은 사실 보잘것없어. 쑤밍도 몇 대 정도는 거뜬히 갖고 놀 수 있을걸?"

칭찬받았다는 생각에 쑤밍이 바보처럼 헤벌쭉 웃었다.

리오는 애써 못 본 척하며 문자판을 두드렸다.

"아무튼 피엘 비서관을 비롯한 몇 명의 기록을 레플리카에 이용하는 것은 금지사항 중 하나야. 그 기록을 중추 세 개 분의 최고 사양에 썼다면 난리가 날 일이지."

"불법 기계라서 자료에 등록이 안 됐다는 말이네?"

루이체가 뭔가 알겠다는 투로 말했다.

"그렇지. 들킨다고 해도 주신계에서는 탈취당한 기계라며 잡아뗄 수 있거든."

"으아, 너무하다."

그녀는 질렸다는 듯 혀끝을 내밀었다.

"그렇다면 주신계에서는 왜 그런 기계로 아틀라스를 가둔 것인가?"

하이엘바인의 질문에 리오는 고개를 갸우뚱했다.

"자세한 사정은 저도 예측할 수 없습니다만…… 일종의 보험이 아닐까 생각되는군요."

"주신계에서 이 일을 예견했단 말인가?"

"헤라클레스가 저에게 말했지 않습니까? 자신의 각성은 누군가가 아틀라스의 위치를 알려주면서 시작됐다고 말이죠. 아마도 예전부터 오늘과 같은 사태를 바라던 자가 있었을 겁니다. 상부에선 그걸 어찌어찌 알아냈겠지요."

"그게 사실이라면 주신계에서는 왜 우리에게 자세한 설명을 해주지 않은 건가?"

그녀가 따지자 리오는 멋쩍게 웃었다.

"글쎄요? 저도 지시를 받아서 움직여 온 입장이라 시원스럽게 설명드릴 수는 없지만, 상부에서는 임무를 맡은 자가 누군가에게 붙잡혀 정보를 빼앗길 가능성이 있으면 항상 그런 식으로 일을 처리하지요."

"지나치군."

그녀가 눈을 부릅떴다.

리오가 교신기를 다시 조작했다.

"그 외에 특이점이 있었습니까? 레플리카에게 말이지요."

"아, 있었네. 레플리카가 아스가르드 발키리의 창술을 사용했네. 피엘 플레포스 비서관이 우리들의 창술을 익힌 적이 있었나?"

리오는 고개를 저었다.

"없습니다."

"그렇다면 말이 안 되지 않나? 레플리카가 어째서 기록에도 없는 창술을 사용할 수 있단 말인가?"

"확실히 이상하군요."

그가 루이체에게 물었다.

"레플리카를 분해하는 도중에 습격을 받았다고 했지?"

"아, 응!"

아침에 따온 과일의 껍질을 조심조심 뜯고 있던 루이체가 화들짝 놀랐다. 리오가 그녀에게 아쉬운 눈빛을 보냈다.

"집중해."

"미안."

그녀는 들고 있던 과일을 쑤밍에게 던지듯 맡겼다. 갑자기 떠맡느라 과일을 꽉 쥐고 만 쑤밍은 손가락 사이로 흐르는 진홍색의 과일즙을 허망하게 바라봤다.

"분해가 어떻게 실패했는지 말해줄래?"

"분해 도중에 붙잡혔어. 난 분해를 멈추면 여길 감춰주는 힘이 사라진다고 계속 설득했는데 렘런트는 듣지도 않았지. 짜증 났어."

"그게 전부야?"

리오가 다시 묻자 루이체가 움찔했다.

"응? 무슨 말이야?"

"다 잊어버렸구나."

리오가 땅이 꺼져라 한숨을 쉬었다.

"잊다니, 뭘?"

"레플리카의 중추는 분해가 중단된 직후 최초에 분해를 시도한 자가 일정 시간 내에 작업을 재개하지 않으면 자폭하게 되어 있어. 가장 먼저 배운 항목일 텐데, 기억 안 나?"

"아……!"

루이체의 흰 얼굴이 다른 의미의 흰색으로 변했다. 얼마나 놀랐는지 그녀는 벌을 받듯 두 팔을 쭉 펴 무릎을 짚은 채 덜덜 떨었다.

"일이 또 꼬이는군."

한탄한 리오는 뒷목을 잡고 턱을 들었다. 리오가 무슨 말을 했고 루이체가 왜 기겁했는지 모르는 하이엘바인과 쑤밍은 남매 사이에서 숨을 죽이고 두리번거렸다.

"자폭이…… 큰 문제인가?"

"그렇죠."

하이엘바인의 자신없는 질문에 리오는 고개를 한 번 크게 끄덕였다.

"터졌으면 이 지역이 전부 날아가는 것은 물론 폭발로 인해 생긴 대량의 먼지구름 때문에 행성의 기후가 몇 년 동안은 오락가락했을 겁니다."

"그렇다면 자폭이 일어나지 않은 것이 이상한 일이란 말인가?"

"이상한 일이자 다행이지요. 덕분에 모두 무사하지 않습니까?"

리오는 일단 긍정적으로 말했다.

"그 이후는 제 눈으로 확인한 것들이니 천천히 해도 되겠지요. 수고하셨습니다."

"아, 잠깐 기다리게."

"예?"

하이엘바인이 진지한 눈으로 그를 봤다.

"헤라클레스를 그냥 보내준 이유가 무엇인가?"

루이체와 쑤밍도 그것이 궁금했다. 리오가 아무 이유 없이 중요인물을 놓아줄 리가 없기 때문이었다.

"당시 헤라클레스와 싸웠다면 아마 어떻게든 이겼을 겁니다. 그는 각성한 지 얼마 안 돼서 힘이 형편없었으니까요. 하지만 가브리엘이 문제였죠."

하이엘바인은 현장에 있던 장로 천사, 가브리엘을 떠올렸다.

"가브리엘은 만만한 자가 아닙니다. 실력도 좋고 상당히 지능적이지요. 제가 헤라클레스와 싸웠다면 그는 다른 사람들을 노렸을지도 모릅니다."

정확히는 하이엘바인이었는데 리오는 일부러 말을 돌렸다. 그렇게 말했다가는 가뜩이나 풀이 죽은 그녀에게 악영향을 미칠 수도 있었다.

그가 말을 덧붙였다.

"저와 헤라클레스의 힘이 빠지기를 기다렸다가 둘 다 해치우려고 했을 수도 있지요. 도저히 움직일 수 있는 상황이 아니었습니다. 이해해 주십시오."

하이엘바인은 고개를 끄덕였다.

교신기를 거둔 리오가 자리에서 일어났다.

"그럼 주변을 둘러봐야겠습니다. 하이엘바인님, 동행하시지요."

"짚이는 점이라도 있나?"

리오는 대답에 앞서 유리화되어 반들반들해진 지표를 둘러봤다. 열기는 이제 거의 느껴지지 않았다.

"당장 찾아내긴 힘들겠지만 조사해 볼 가치는 있을 것 같습니다."

"알았네. 어서 가세."

리오는 남은 둘을 봤다.

"너희들은 먼저 식사하고 있어."

그러자 루이체와 쑤밍의 표정이 딱 굳어졌다.

"오빠, 우리가 요리를……?"

"설마 이 상황에서 요리를 죽어도 못하겠다는 말을 꺼내진 않겠지?"

리오의 스트레스가 싸늘하게 발산됐다.

"뭐, 뭐든 해서 먹어야지! 응! 그렇고 말고! 맡겨줘!"

루이체가 바짝 움츠러들었다.

"뭐가 어떻게 나타날지 모르니 경계를 늦추지 마. 이상하다 싶으면 무리하게 상대하지 말고 무조건 도망치도록 해. 알았지?"

"예!"

대답만은 힘찼다.

리오와 하이엘바인이 동굴을 떠나 하늘 저 멀리 날아간 직후 둘의 입에서 한숨이 터졌다.

"무서워."

둘의 입에서 동시에 나온 말이었다.

가만히 땅만 바라보고 있던 쑤밍이 루이체를 봤다.

"뭘 먹지?"

"…고기."

둘은 그렇게밖에 의견을 모으지 못하는 자신들이 원망스러웠다.

*　　　*　　　*

하늘에서 주변을 한참 살펴본 리오는 인근 지도를 펼쳤다.

"운이 영 없는 건 아니군요."

"무엇이 말인가?"

리오는 지도를 검지 끝으로 두드렸다.

"이 도시 주변에는 강은커녕 샘물도 없습니다. 드워프들은 지하수로 생활했죠. 지하수에 대한 정보를 보니……."

그는 이제는 없는 드워프의 도시, 스바르트의 지명을 손끝으로 두드렸다. 그러자 종이에 쓰인 지도가 확대되면서 스바르트의 도시 구조와 인구를 비롯한 각종 정보가 자세히 떠올랐다.

"꽤 괜찮은 수질의 광천수였군요. 이곳 말고 주변에서 가장 가까운 식수원은 바로 여기입니다."

지도를 축소시킨 그는 작은 산촌을 가리켰다.

"이곳 외의 식수원은 전부 걸어서 하루 정도에 위치하고 있습니다. 모래와 바위가 전부인 지형이기 때문에 거의 산속의 오아시스나 마찬가지군요."

하이엘바인은 그가 왜 물을 언급하는지 이해하지 못했다.

"물에 뭔가가 있나?"

"살아 있는 생물이라면 당연히 찾는 필수요소가 물이지 않습니까?"

"그건 분명하네만 자네가 무슨 생각을 하는지 잘 모르겠군."

"이제부터 설명드리지요."

그가 말했다.

"레플리카 중추의 자폭이 굉장한 위력을 갖는 이유는 내부에 충전된 에너지가 막대하기 때문입니다. 재충전을 고려한 기계가 아니기 때문에 그 정도 에너지를 담는 것은 당연하지요."

"음, 곰이 겨울잠을 자기 전에 살을 찌우는 것과 비슷하군."

"아, 뭐… 아주 틀린 비유는 아니군요."

리오는 자신조차도 혼란스러워지는 느낌을 받았다.

"흠, 아무튼 그럼에도 불구하고 자폭에 의한 대폭발이 없었다는 것은 중추에 든 것이 일반적인 에너지가 아니라 그만한 힘을 가진 다른 것이었기에 그럴 가능성이 큽니다."

"다른 것?"

"생물이나 정령이 흔히 쓰입니다."

"그런 작은 기계에 들어갈 만한 생명이라면 매우 작은 생명체이겠군."

그녀가 측은함을 담아 순진하게 중얼거리자 리오는 씩 웃으며 아는 척을 했다.

"작은 램프 안에 꽤 등급이 높은 정령을 구겨 넣는 경우도 있으니 문제는 없을 겁니다."

"응? 램프 안에 정령은 왜 넣나?"

"악마들이 사용하는 수법입니다. 가면서 말씀드리지요."

리오가 먼저 움직이고 하이엘바인이 뒤를 따랐다.

고도와 속도를 높이자 깨끗이 가신 줄 알았던 타는 냄새가 강하게 되살아나 하이엘바인을 우울하게 만들었다.

"악마들은 계약이라는 명목하에 인간이나 그와 비슷한 지적 생명체의 영혼을 갈취합니다. 갈취한 영혼을 정제하면 영혼석이라는 보석이 나오는데, 그것이 악마들 사이에서는 보양식으로서 꽤 높은 값에 팔립니다."

"요즘 놈들은 기분 나쁘군."

그녀의 머릿속에 떠오른 악마는 케롤라흐 람 트리비터였다.

"희생자의 생명에 무리가 없도록 갈취하는 양심적인 놈들도 있지만 목숨까지 짜내어 정제한 영혼석은 색도 다를뿐더러 그 값이 수백 배 이상 차이 나기 때문에 불법적인 갈취는 끊이지 않지요."

"세상이 완전히 막장이로군!"

'막장'이란 말에 리오가 움찔했다.

"그 말, 루이체에게 배우셨지요?"

하이엘바인의 표정이 대번에 달라졌다.

"아, 아닐세! 난 절대로 그렇다고 말할 수 없다는 사실을 자네도 너무 잘 알지 않나!"

리오는 말까지 꼬여 허둥대는 그녀를 묵묵히 지켜보다가 결국 이마를 짚었다.

"일단 넘어가지요."

"으, 으음."

둘의 이동이 재개됐다.

"인간들 중에서 신과 천사, 악마의 존재를 믿고 악마들에 대항하기 위한 수단을 잔뜩 준비하는 자들이 있습니다. 신앙심을 가진 자들이 대표적이지요. 그런 자들에게는 악마가 직접 접근하지 않고 아까 얘기했던 램프의 정령을 사용하여 유혹합니다."

그는 몸을 돌려 하이엘바인과 마주 봤다.

"등급이 높은 정령을 사냥해서 램프에 집어넣고, 램프에 갇힌 정령에게 조건을 겁니다. 자유를 얻고 싶으면 자기 말대로 하라는 거죠. 정령은 자신의 자유를 위해서 인간을 유혹합니다."

"허어."

"고위 등급의 정령에게 인간의 가벼운 소원 정도는 아무것도 아니죠. 처음 그 맛을 본 자들 가운데 열의 아홉은 다음 소원도 이루기 위해 램프에게 열심히 비빕니다."

"그렇게 이용당한 정령은 풀려나는가?"

그가 어깨를 으쓱했다.

"그럴 리가 있겠습니까? 악마들은 부려먹을 수 있을 만큼 부려먹고 마지막엔 노예로 팔아버리지요."

"저런 나쁜!"

그녀가 격분했다.

"대체 그놈들의 피는 무슨 색이란 말인가!"

"형형색색이죠."

"……."

"악마니까요."

그런 대답을 바란 것이 아니었던 그녀는 한 대 맞은 얼굴로 파트너를 바라봤다.

"설명이 좀 길어졌군요."

그가 본론을 말했다.

"중추에 들어 있던 것이 생명체라면 자유를 얻자마자 본능적으로 물과 먹을 것을 찾아다닐 겁니다."

"천벌에서 쉽게 살아남을 수 있었겠나?"

"중추에 담길 만큼 강력한 생명체이니 쉽게 당하진 않았을 겁니다. 조사해 봐서 손해 볼 일은 없지요."

"그렇군. 자네 예상이 맞길 바라네."

리오를 따라 유리화된 지역을 벗어난 하이엘바인은 문득 지상을 봤다. 사막여우의 새끼 몇 마리가 유리화된 지역과 그렇지 않은 지역의 경계를 뛰어다니며 뭔가를 찾아다니고 있었다.

'이번 일로 짐승들까지……'

그녀는 답답해진 가슴을 손바닥 밑으로 지그시 눌렀다.

"이보게."

"예, 하이엘바인님."

리오가 다시 그녀 쪽으로 몸을 돌리고 비행했다.

"하이볼크가 나를 이곳에 보낸 이유가 무엇이라고 생각하나?"

"오딘님께서 저를 적극 추천하셨다고 말씀하셨지 않습니까?"

"아, 그렇지."

그녀가 쑥스러워했다.

"하지만 왠지 다른 이유가 있을 것 같네."

"말씀하십시오."

그녀가 속도를 높여 리오의 주변을 돌았다. 움직이는 궤적에 맞춰 수은을 바른 듯 선명한 그녀의 은발이 하늘을 붓질했다.

"아틀라스가 렘런트 앞에서 올림포스를 되살려야 한다고 외쳤던 그때, 난 무조건 이 일을 막아야겠다고 생각하여 아틀라스를 공격했네. 그러나 공격하기 직전에 망설였지."

그녀는 배영을 하듯 누웠다. 눈은 지그시 감아 자신에게 쏟아지는 햇볕을 피했다.

"자네 말대로 동질감을 느꼈네."

희뿌연 미소가 그녀의 입가에 스쳤다.

"전리품처럼 자유를 박탈당한 채 살아가거나, 숨어서 지내거나, 최악의 경우 자네와 같은 자들에게 사냥당하는 것이 옛 신과 신족의 실상일세. 난 그런 일을 직접 겪은 입장임에도 불구하고 아틀라스를 제거하려 했지. 그런 나 자신을 도저히 납득할 수 없었네."

"……."

"혹시 하이볼크는 내가 그들을 사냥해 주길 바라는 게 아닐까? 뱀이 뱀을 잡아먹는 꼴을 기대하는 관객처럼 말일세."

리오는 어느 정도 동의했다. 레플리카의 배치만 따지더라도 그럴 가능성이 없진 않았다.

"확실히, 라그나로크의 기록이 이곳에 존재하는 것만 봐도 심상치 않지요."

리오가 상승하여 하이엘바인을 마주 봤다. 그가 생각보다

가까이 접근하는 바람에 하이엘바인도 깜짝 놀랐다.

"그렇다고 그들에게 동질감을 느끼실 이유는 없습니다. 그들은 자신들이 가장 훌륭했다고 생각하는 과거를 향해 뒷걸음질하는 자들일 뿐이니까요."

그가 옆으로 서서히 벗어났다.

"다 왔습니다. 저곳입니다."

숲이 우거진 산이 보였다. 식물과 깨끗한 물의 냄새가 신선하게 다가왔다.

"어서 가세."

하이엘바인은 지금의 짧은 비행을 오랫동안 기억하리라 마음먹었다.

리오가 선택한 산촌은 인구가 200명이 조금 안 되는 작은 마을이었다.

마을 인근에 착륙한 리오와 하이엘바인은 오랜 여행에 지친 사람들의 행세를 하려고 했으나 그 계획은 애초부터 망가지고 말았다.

마을 주민 전부가 마을 입구에 모인 채 덜덜 떨고 있었다. 그중 몇 명은 너무 크거나 작은 옷을 억지로 껴입은 상태였다.

[자네의 예상이 맞았군! 대단하네!]

하이엘바인이 오랜만에 정신감응을 사용했다.

[잘됐군요. 일단은요.]

설마 진짜로 들어맞을 줄은 몰랐던 리오는 오히려 당황했다.

그는 주민들을 시각과 후각으로 자세히 살폈다.

[옷은 물론이고 신발도 제대로 신지 못한 사람이 많습니다. 몸에서 풍기는 냄새의 농도로 추정하자면 시간상 오늘 새벽에 습격당한 것 같습니다. 일단 제가 마을 뒤쪽으로 돌아 들어가서……]

"무슨 일이오!"

리오의 정신감응이 끝나기도 전에 하이엘바인이 주민들에게 달려갔다. 그 정의로운 모습에서 리오는 잠시 잊었던 민폐의 악몽이 다시금 재현될 것 같아 두려웠다.

숲에서 갑자기 달려나온 은발의 미녀에 깜짝 놀란 마을 사람들은 대답 대신 머뭇거리기만 했다.

"이방인께선 다른 길로 가시오."

주민들 가운데 가장 나이가 많아 보이는 노파가 젊은이들의 부축을 받으며 그녀 쪽으로 돌아섰다.

깔깔한 재질의 흰옷을 걸친 노파는 다른 주민들과 마찬가지로 얼굴 곳곳에 붉은색 문신을 하고 있었다.

주민들의 갈색 피부와 매부리코, 불거진 광대뼈, 쌍꺼풀이 없는 눈 등등 모든 면이 여태껏 이 세계에서 하이엘바인이 만난 인간들과 큰 차이를 보였다.

자신이 다른 기후를 만날 정도로 멀리 왔다는 사실을 망각한 하이엘바인에겐 신기한 광경이었다.

기세 좋게 나왔던 하이엘바인이 멀뚱히 자신을 쳐다보고만 있자 노파가 혀를 찼다.

"이방인께서는 왜 사람을 그리도 예의없게 보시오?"

"아, 사과드리오. 본심이 아니었소."

"흠, 괜찮소. 이곳을 처음 온, 특히 남쪽에서 온 이방인들은 우리를 모두 그런 눈으로 본다오. 어쨌거나 지금 우리 마을에는 큰 괴물이 나타났다오."

"괴물이라 하셨소?"

"그렇소이다. 석양처럼 진한 주황색의 늑대인데, 덩치가 들소보다 훨씬 크다오. 집이 부서지고 난리도 아니었소. 다친 사람은 없지만……."

노파의 말이 끝날 무렵, 리오가 수풀을 밀치며 주민들 앞에 모습을 드러냈다. 그러나 뭔가 있어 보이는 외모의 장정이 검까지 찬 채 나타났음에도 불구하고 주민들의 표정은 그저 그랬다.

그들을 덮친 괴물이 그만큼 막강했다는 뜻이었다.

리오는 하이엘바인 곁으로 다가가며 마을을 살폈다. 마을

의 가옥 중 몇 채는 문이 부서지거나 벽이 허물어졌고 한 채
는 아예 주저앉아 있었다.

'들소보다 크다는 말이 허풍은 아닌 것 같군. 마을 내부에
서 느껴지는 기운도 꽤 강해. 하지만 왜 아직도 버티고 있는
거지? 이 작은 마을에서 털어먹는 것도 한도가 있을 텐데?'

그는 하이엘바인에게 시선을 돌렸다.

"괴물은 우리가 상대하겠소! 전사로서 대가는 바라지 않으
니 들여보내 주시오!"

그녀는 주민들 앞에서 당당히 외쳤다. 그녀의 그런 직선적
인 면에 어느 정도 적응을 한 리오는 그 상황을 그냥 담담히
받아들였다.

하지만 노파도 만만치 않았다.

"사람이 상대할 놈이 아니라오. 마을에서 이방인의 시체를
거두고 싶지 않으니 어서 가시오."

"우리가 할 수 있소! 아니, 나와 함께 온 전우 혼자서도 가
능한 일이오!"

그녀의 주장에 노파가 웃었다.

"목소리도 크지만 환상도 크시구려."

그런 반응을 여러 차례 접했기 때문에 사람들 몰래 들어가
서 조용히 처리하려고 했던 리오는 자신의 두툼한 머리채 속
에 손가락을 넣고 만지작거렸다.

"환상이라니, 무슨 말씀이시오!"

그녀의 목소리가 산천에 울렸다. 무기에 가까운 고성에 놀란 주민들은 제각기 비명을 터뜨리며 귀를 막았다.

"나의 전우는 최고의 전사라오!"

그녀가 더 크게 외쳤다.

"세상을 몇 번이나 구한 영웅이자, 언젠가 하반신으로 신계를 정복할 남자란 말이오!"

엄청난 정적이 휘몰아쳤다.

리오는 쓰러지듯 하늘을 보며 실소를 터뜨렸다. 그녀를 상대하던 노파조차도 하반신과 신계의 연관성을 찾지 못해 한참 동안 뭐라고 말을 하지 못했다.

"정신이 조금 불편한 아가씨 같구려. 좋소. 마음대로 하시오."

노파가 주민들을 좌우로 물리쳤다.

"깊은 이해, 감사드리오!"

그녀가 사람들 사이를 지나 마을 안으로 성큼성큼 들어갔다. 리오는 한발 늦게 그녀의 뒤를 따라갔다.

'비웃음 소리가 들리는 것 같군.'

느낌상 그런 것이 아니라 몇 명은 실제로 웃고 있었다.

리오와의 거리가 벌어지자 하이엘바인이 불같이 그를 돌아봤다.

"뭐 하는 건가! 어서 처리하러 가세!"

그녀는 리오가 자신에게 손을 뻗으며 달려오는 모습을 보고 의아해했다.

거기서 그녀의 의식이 픽 꺼졌다.

뭔가에 등을 들이받혀 날아간 그녀는 주민들의 머리 위를 지나 아름드리나무 몇 그루를 꺾은 뒤 수풀에 추락했다.

그녀의 발언 때문에 긴장이 풀려 대비하지 못했던 리오는 초감각으로 하이엘바인의 생사 여부를 확인했다.

'무사하셔야 할 텐데.'

어제 입었던 신체적 충격과 피로에서 아직 회복이 덜 된 탓에 기습을 허용하긴 했지만 의식만 잃었을 뿐, 부상도 없었다.

주민들이 겁에 질려 숲으로 뛰어들어 갔다. 폐쇄적인 지형과 마을 문화 탓에 숲은 주민들에게 있어서 훌륭한 피난처였다.

리오는 눈앞에 나타난 괴물을 보며 디바이너를 들었다.

'일단 늑대는 늑대인데……'

노파의 말대로 그 괴물은 진한 주황색의 털을 가진 늑대였다.

'덩치가 정말 크군. 게리와 프레키 같은 늑대가 또 있었나?'

게리, 그리고 프레키는 오딘이 기르는 늑대들이자 리오의 몸을 만들어주는 데 가장 큰 도움을 준 신물(神物)들이었다.

'아냐, 그럴 리가 없지.'

리오는 자신의 생각을 명확하게 부정했다.

문제의 주황색 늑대는 그들에 비해 덩치가 작았다. 그러나 전신에서 내뿜는 힘의 수준은 둘을 합친 것보다 몇 배는 더 강했다.

'레플리카의 중추 안에 붙잡혀 있던 생물이 이놈이라면 좋겠군.'

그래야 고민할 일이 없어지기 때문이다.

리오는 가볍게 긴장했다.

동물의 경우에는 속임수 기술이 거의 통하지 않는다.

지능보다는 감각에만 의존하기 때문인데, 그들 이상의 감각을 가진 리오의 입장에서는 속임수나 변칙 기술을 쓸 필요가 없는 간단한 상대에 불과했다.

하지만 주황색 늑대는 그냥 척 보기에도 보통 생물이 아니었다.

하이엘바인이 아무리 쇠약해졌다고 해도 그녀가 미처 반응하지 못할 정도의 속도로 다가와 타격한 것은 경계해야 할 대목이었다.

늑대의 눈은 은색으로 불타고 있었다. 리오는 그 색이 왠지 익숙했다.

'저 색깔, 어디서 봤더라?'

그 이상 생각할 틈은 없었다.

"오오오오오!"

늑대가 괴성을 지르며 돌진했다. 미리 대비하고 있던 리오는 돌진 속도에 맞춰 검을 휘둘렀다.

디바이너의 끝이 닿기 직전, 늑대가 갑자기 방향을 꺾어 리오의 옆으로 돌아 들어갔다.

흠칫한 리오는 급히 자세를 바꿔 늑대를 노렸다.

그 순간 리오는 자신의 눈을 의심했다. 그 주황색의 짐승은 마치 무술을 하는 사람처럼 몸을 좌우로 흔들며 리오의 공격 타이밍을 흐트러뜨리고 있었다.

'지능적인 움직임? 아니, 이건 전투 기술이다!'

그는 생각을 바꿨다.

사람을 상대하듯, 늑대의 눈을 향해 흙을 차 날린 리오는 흙먼지가 가라앉기도 전에 검을 치켜올리며 접근했다.

눈을 감아 흙을 피한 늑대는 검의 접근을 느끼고 오른쪽으로 몸을 기울였다.

그에 딱 맞춰 리오의 왼쪽 주먹이 늑대의 턱을 쳤다. 검을 들고 접근하는 것은 속임수였고 주먹이 진짜인 변칙 공격이었다.

제대로 맞아 기우뚱하는 늑대의 목을 향해 디바이너가 떨어졌다.

리오는 이번에야말로 틀림없을 거라고 생각했다. 여태까지 보고 느낀 늑대의 능력과 현재 상태로는 방어가 불가능한 상황이었다.

통렬한 충격이 디바이너의 칼날을 통해 그의 손으로 전해졌다.

리오는 다시금 눈을 의심했다.

'이런 것까지?'

늑대의 몸에서 갑자기 피어오른 연푸른색의 보호막이 디바이너를 막아내고 있었다.

그 틈에 정신을 차린 늑대는 머리로 리오를 들이받았다. 그는 똑같이 보호막을 펼쳐 충격을 흡수했지만 주민들이 있는 곳 근처까지 밀려나고 말았다.

"아아!"

주민들이 숲 속에서 탄성을 질렀다. 예상을 벗어난 리오의 힘과 늑대의 강력함에 잔뜩 숨을 죽이고 있었던 터라 소리가 컸다.

늑대가 머리를 몇 번 흔들어 정신을 다잡았다. 그 주황색 맹수는 자세를 바짝 낮춘 채 리오 쪽으로 발자국을 남겼다.

리오 역시 늑대에게 다가갔다.

주민들은 붉고 긴 머리채를 흔들며 적을 주시하는 이방인의 모습에서 처음 봤을 때만 해도 느끼지 못했던 위압감과 설렘을 느꼈다.

'겉모습만 늑대로군. 의식 자체는 훈련을 받은 인간, 혹은 그 이상의 존재야.'

그는 드래곤의 모습 따로, 인간의 모습 따로 전투 훈련을 받는 용족의 생활에서 힌트를 얻었다.

'짐승처럼 본능과 감각만으로 피하는 게 아니야. 검술을 체득했거나 그에 대응하는 기술을 익힌 적이 있는 존재가 확실해!'

그렇다면 그의 눈앞에 있는 존재는 진짜 늑대와 관련이 없다는 말과 같았다. 검과 검술은 애당초 늑대의 관절구조에 맞춰진 것들이 아니었다.

"오오오오!"

늑대가 다시 돌진했다.

디바이너로 늑대의 돌진을 막은 리오는 기력을 이용해 몸 전체로 충격을 분산시켰다. 늑대는 그대로 리오를 밀어붙였으나 리오의 기술은 거기서 끝나지 않았다.

'잡았다!'

그가 왼쪽 손바닥으로 검의 옆을 쳤다. 타격 지점의 반대편에 위치한 늑대의 머리에 아까 분산시켰던 충격이 그대로 되돌아갔다.

"쿠오!"

고개가 돌아갈 정도로 충격을 입은 늑대는 뒷걸음질을 치며 비틀거렸다.

검을 칼집에 넣은 리오는 주먹을 쥐고 늑대에게 달려갔다.

"맨주먹 싸움은 잘 모르나?"

기력과 결계로 뭉친 리오의 주먹이 늑대의 정수리에 떨어졌다. 완전히 중심을 잃은 늑대에게 리오의 주먹세례가 이어졌다.

"우우……! 우오오!"

늑대가 괴성을 질렀다. 크게 증폭된 보호막이 숲의 일부를 깔아뭉갰다. 그 파장이 주민들에게까지 미쳤다.

리오는 급히 디바이너를 뽑아 보호막을 후려쳤다. 늑대는 보호막을 유지한 채 날아가 마을 한가운데에 떨어졌다.

"진짜 짜증 나는군."

리오는 주민들이 일에 휘말리는 것을 피하기 위해 다시 마을 안으로 들어갔다.

계단을 밟듯 어떤 집의 지붕 위로 사뿐히 오른 늑대는 보호막을 펼치며 리오에게 몸을 날렸다. 몸과 보호막 자체를 무기로 삼는 기술이었다.

디바이너와 늑대의 보호막이 정면 충돌했다. 서로의 힘에 밀려 몸을 잔뜩 젖힌 리오와 주황색 늑대는 중심을 회복하자마자 다시 부딪쳤다.

격전을 벌이는 그들의 모습을 숨죽이고 지켜보던 주민들이 이윽고 작게 소곤거렸다.

"그 아가씨 말이 진짜였나?"

"세상을 몇 번이고 구한 영웅이라고?"

"그렇다면 어제 서쪽을 불태웠던 빛은 역시 나쁜 징조였던 거야!"

"아아, 선조님!"

폐쇄적인 풍습만큼이나 미신을 굳게 믿는 주민들은 두려움에 떨었다.

한편 처음 하이엘바인에게 경고를 했던 노파는 다른 젊은이들과 함께 수풀에 쓰러진 그녀를 돌보고 있었다.

노파는 그 마을의 촌장이었다.

그녀는 스스로 걸어다니기 힘들 만큼 긴 세월을 살아오면서 온갖 경험을 다했지만 어제와 오늘 겪은 일들은 그 특이함이 달랐다.

어제는 서쪽에서 산을 불태울 듯한 빛과 함께 열기를 품은 폭풍이 밀려와 사람들을 놀라게 했고, 오늘은 새벽부터 괴물 늑대에게 습격을 당했다.

그리고 지금은 나무를 몇 그루나 쓰러뜨리며 땅에 처박혔음에도 불구하고 상처 하나 없는 미녀를 돌보고 있었다.

"으음……!"

하이엘바인이 신음을 내며 눈을 떴다. 옆에 앉아 있던 노파와 그녀를 부축하고 있는 젊은이들이 안도했다.

"괜찮으시오, 이방인 아가씨?"

"여긴……?"

"아가씨는 괴물 늑대의 공격에 기절했다오. 지금은 아가씨와 함께 온 남자가 괴물과 싸우고 있소."

"아, 그렇구려!"

혼란스럽기만 하던 의식을 바로잡은 하이엘바인은 리오와 주황색 늑대의 기운을 쫓듯 수풀을 나와 마을로 달려갔다. 뒷목과 등골이 아직 뻐근했지만 꾹 참았다.

그녀는 마을 안에서 늑대와 난타전을 벌이는 리오를 확인했다.

"내가 돕겠네!"

그녀의 외침에 늑대가 반응했다.

늑대와 눈을 마주친 순간 하이엘바인의 몸이 바짝 굳었다.

'저 늑대는……?'

굳은 것은 그녀만이 아니었다. 늑대 역시 날카롭게 드러냈던 이빨을 서서히 감췄다. 철퇴처럼 리오를 괴롭히던 보호막도 사라졌다.

하이엘바인의 표정이 울상으로 바뀌었다.

"스트라케!"

그녀의 외침에 늑대가 움찔하더니 더듬더듬 뒷걸음질했다. 반대로 하이엘바인은 늑대를 향해 다가갔다.

"스트라케! 스트라케가 아니더냐! 나다, 하이엘바인이다!"

그러자 늑대가 훌쩍 뛰어 마을 밖으로 벗어나더니 숲 속으로 그 거구를 밀어 넣었다.

"스, 스트라케? 어딜 가는 것이냐!"

그녀가 서둘러 늑대를 쫓았다.

리오는 스트라케라는 이름을 어디선가 언뜻 들은 적이 있는 것 같았다. 그는 기억을 더듬으며 하이엘바인을 뒤따랐다.

모두가 사라지자 마을 사람들이 숲 밖으로 하나둘씩 나왔다.

"늑대를 쫓아냈어."

"그 남자, 정말 영웅이었던 거야!"

주민들의 표정이 점점 밝아졌다.

"그런데 하반신으로 신계를 어쩐다는 말은 뭐였을까?"

그 의문에 대답할 수 있는 사람은 없었다.

*　　　　*　　　　*

리오는 하이엘바인과 함께 늑대를 쫓아 움직였다.

공기에 남은 늑대의 흔적을 바라보는 하이엘바인의 파란 눈동자는 애처로웠다. 리오는 스트라케가 도대체 어떤 존재 이기에 그녀가 그토록 쫓으려 하는지 궁금했다.

"혹시 아시는 늑대입니까?"

"늑대가 아닐세!"

"예?"

그녀가 땅을 박차고 날아올랐다. 리오도 그녀를 쫓아 하늘 로 올라갔다.

"스트라케는 발키리일세! 나와 함께 아스가르드를 위해 싸 우던 전우란 말일세!"

"하지만 모습은……?"

"울프헤딘일세!"

"울프헤딘?"

"얘기는 나중에! 지금은 스트라케를 잡아야 하네!"

그녀는 손등으로 눈물을 훔쳤다.

주황색 늑대, 스트라케는 정신없이 도망쳤다. 숲을 밀어내 고 바위를 깨며 달리는 모습이 위험해 보이기까지 했다.

'대도시에서 이 상황이 벌어졌다면 끔찍했겠군.'

대도시라는 단어를 떠올린 리오의 머릿속에 뭔가가 언뜻 스쳤다.

'클라라님?'

그는 얼마 전에 만났던 하이엘바인의 옛 전우, 클라라와 늑대의 모습을 한 스트라케 사이에 존재하는 공통점을 꼽아봤다.

둘 다 발키리이자 아스가르드의 주민이라는 점, 본래 모습을 잃어버린 점, 그리고 이 세계에 있다는 점.

그 공통 요소들이 리오에게 불길함을 안겨주었다.

'아스가르드의 흔적과 올림포스의 흔적이 한 세계에서 동시에 움직이고 있군. 우연일까?'

자신과 하이엘바인이 이곳에 있는 이상 우연은 아닐 것이다. 그는 그렇게 생각했다.

'꼬이는 것도 한도가 있다고.'

그는 주먹을 꽉 쥐었다.

스트라케는 도주를 시작한 지 두 시간이 지나서야 슬슬 속도를 줄였다. 마음이 바뀌어서 그런 것이 아니라 피로 때문이었다.

그러나 장애물이 없는 사막에 들어서면서 속도가 다시 올라갔다. 공기가 스트라케의 힘에 압축되면서 하얗게 질렸다. 스트라케가 지나간 뒤에야 풀려난 공기는 폭음을 일으키며 거센 모래바람으로 변했다.

그런 스트라케를 가까스로 따라잡은 하이엘바인은 풍압에

바짝 붙은 주황색 모피를 향해 손을 뻗었다.

"멈춰라, 스트라케! 나를 기억하지 못하는 게냐!"

기억하기 때문에 도망치는 것이라고 리오는 생각했다.

하이엘바인의 손이 털에 스치자 스트라케가 이빨을 악물었다. 필사의 가속으로 인해 허공을 잡아버린 하이엘바인은 그만 중심을 잃고 흔들리다가 사막에 추락했다.

"아악!"

떨어진 충격으로 모래의 파도를 만들어 버린 하이엘바인은 모래가 차마 흡수해 주지 못한 운동에너지로 인해 사막을 데굴데굴 굴렀다.

하이엘바인의 마음을 생각해서 일을 그냥 지켜보기만 하던 리오는 결국 디바이너를 뽑았다.

'위협해서 속도를 늦춰볼까?'

스트라케가 전진하는 방향의 땅을 넓게 타격한다면 어떻게든 속도는 줄어들 것이다. 운이 좋으면 한 번에 사로잡을 수도 있었다.

그런 계산을 하며 검에 힘을 모으던 그가 멈칫했다.

스트라케가 모래바닥에 엎어진 하이엘바인을 향해 허겁지겁 뛰어왔기 때문이다.

'이건 또 무슨 설정이지?'

리오가 어이없어하며 지켜보는 가운데 스트라케는 하이엘

바인의 부상 여부를 확인했다.

　무릎이, 그것도 옷만 조금 찢어진 것뿐인 하이엘바인은 끙끙대며 자신을 살피는 스트라케를 감격이 차오른 눈으로 바라봤다.

　"스트라케……!"

　그녀의 목소리에 스트라케의 몸이 꿈틀했다. 스트라케가 뒷걸음을 치자 하이엘바인은 두 무릎을 땅에 댄 채 스트라케 쪽으로 두 팔을 벌렸다.

　"오려무나."

　"우우우……."

　스트라케가 낮은 울음소리를 내며 머뭇거렸다. 그러자 하이엘바인이 밝게 웃었다. 그녀는 클라라를 만났을 때와 마찬가지로 그들의 뜻을 이해하고 있었다.

　"그래, 아무것도 기억나지 않는구나. 하지만 슬퍼하지도, 두려워하지도 마라. 네가 지금의 네 모습을 두려워한다면 너를 한눈에 알아본 나는 무엇이란 말이더냐?"

　"우우……!"

　스트라케의 눈가가 반짝거렸다. 하이엘바인은 입술을 잠시 물고 북받치는 감정을 이겨냈다.

　"혼란스럽겠지만 이겨내려무나. 너의 위대한 정신은 살아있고 내 기억 속에는 너의 용맹한 이야기가 생생하단다. 아스가르드의 전사에게 있어서 이야기란 무엇이더냐?"

"우우, 우우우!"

"그래, 그거다. 잊지 않았구나."

스트라케가 천천히 하이엘바인의 품으로 들어왔다. 하이엘바인은 주황색 스트라케를 쓰다듬고 토닥였다.

"이야기가 전해지는 한, 전사는 불멸이다."

하이엘바인은 클라라에 이은 또 다른 전우와의 만남에 한껏 기뻐하는 한편 울적함을 느꼈다. 클라라에 이어 스트라케까지 자신들의 모습을 잃고 수수께끼에 허우적댈 줄은 꿈에도 몰랐기 때문이다.

'누구의 저주란 말인가, 대체⋯⋯!'

하이엘바인은 자신에게 전해지는 스트라케의 체온이 마냥 쓸쓸했다.

그들의 곁으로 리오가 다가왔다.

"괜찮으십니까?"

"아, 괜찮네. 옷이 조금 손상됐지만 바로 고칠 수 있네."

하이엘바인이 일어나 스트라케의 목을 감싸 안았다.

"소개해야겠군. 이 아이의 이름은 스트라케라 하네. 나와 같은 발키리이자, 발키리들 가운데 가장 용맹한 자로 유명했지."

발키리라면 곧 여성이라는 의미였다.

'이상하게 여자들만 모이는군.'

잠시 쓸데없는 생각을 해본 리오는 소개하듯 자신에게 손을 내미는 하이엘바인을 봤다.

"이쪽은 리오라고 한단다. 훌륭한 전사이자 나에게 많은 가르침을 주는 선배지."

리오는 스트라케에게 허리를 굽혀 정중히 인사했다.

"리오라고 합니다. 용맹한 발키리, 스트라케님을 뵙게 되어 영광……."

스트라케가 리오의 어깨를 덥석 물었다. 이빨을 세워서 깨문 것은 아니었고 힘도 약했으나 리오에겐 상당히 황당한 일이었다.

"스, 스트라케! 무슨 짓이냐!"

"우우우!"

스트라케가 울음소리리로 불쾌감을 드러냈다.

"그, 그래! 그는 하이볼크의 부하란다! 하지만 우리가 상대한 자들과는 다르단 말이다!"

"우우……."

리오의 어깨를 놓은 스트라케는 혀를 길게 내밀어 자신의 입가를 핥았다.

하이엘바인은 얼른 리오의 어깨를 살폈다.

"괜찮나? 미안하네, 내가 대신 사과하겠네!"

"괜찮습니다. 뭐, 충분히 오해를 살 만한 싸움을 했으니까요."

그는 어깨에 묻은 스트라케의 침을 털어내며 한숨을 쉬었다.

"일단 가시죠. 루이체와 쑤밍만 남겨둔 것이 걱정입니다."

"그러세. 날 따라 오려무나, 스트라케. 믿음직한 아가씨들을 소개해 주마."

"우우!"

스트라케가 하이엘바인의 옷을 물더니 자신의 등 쪽으로 그녀를 던졌다. 말을 타듯 스트라케의 등을 빌리게 된 하이엘바인은 즐겁게 웃었다.

리오가 앞장섰다.

"스트라케님께서 레플리카의 중추 안에 들어가신 이유가 무엇일까요?"

"모르겠네. 감이 잡히질 않네. 이 아이도 기억나지 않는다고 하는군. 아무튼 이것으로 레플리카가 발키리의 창술을 사용한 이유를 알게 됐네. 속이 조금 후련하군."

"클라라님과 동일한 경우일지도 모르겠군요. 그분께서도 이곳에 계시게 된 이유를 기억하지 못하셨으니 말이죠."

"우우?"

클라라의 이름이 나오자 스트라케가 깜짝 놀라 하이엘바

인을 봤다.

"그래, 클라라도 이 세계에 있단다. 좋은 전우들과 함께 있지. 언젠가 만날 수 있을 거다."

"우오오오!"

스트라케가 고개를 들고 긴 울음소리를 냈다. 기쁨의 표현이었다.

"하하, 그래. 다시 함께 발할라에 모여 식사를 하자꾸나. 라피르와 지노비아도 함께라면 좋겠지만…… 과도한 소원일까?"

하이엘바인이 중얼거리자 날카롭게 서 있는 스트라케의 귀가 앞으로 수그러들었다.

"라피르님과 지노비아님은 누구십니까?"

"음, 그들은 발키리들의 지휘관들이네. 여기 있는 스트라케, 전에 만났던 클라라, 그리고 지금 이름이 나온 라피르와 지노비아. 이렇게 네 명이 내 직속 부하이자 지휘관들이라네."

손가락을 꼽으며 그들의 이름을 차례로 말한 하이엘바인은 스트라케의 등에 자신의 등을 대고 누웠다. 그녀는 눈을 감고 과거를 떠올렸다.

"스트라케와 라피르는 항상 발키리들의 선두를 맡았네. 스트라케는 돌격대를 자청해서 맡을 정도로 용맹했지."

'그래서 날 그렇게 들이받았군.'

리오가 보이지 않게 쓴웃음을 지었다.

"라피르는 적과 가장 가까운 곳에서 싸우면서도 흥분하거나 당황하지 않는 특이한 아이였네. 스트라케와는 정반대지."

"우우!"

스트라케가 머리를 털며 부끄러워했다.

"클라라는 자네도 봤다시피 착실하고 마음씨 고운 아이였네. 본진의 왼쪽을 지휘하며 돌격창을 다루는 기술은 최고였지."

'그렇지. 행복한 세상 만들기였나?'

그가 뒷머리를 긁었다. 스트라케는 그 시큰둥한 모습을 놓치지 않고 노려봤다.

"마지막으로 지노비아는 내 부관이나 다름없는 아이였네. 후방에서 전방으로 빠르게 치고 올라가 공격하는 그 모습은 정말 아름다웠지."

"혹시 다른 두 분도 스트라케님과 클라라님처럼 행방불명된 상태이십니까?'

"아닐세. 지노비아는 전사했네. 시신은 확인할 수 없었지만…… 그 폭발 속에서는 무리겠지."

"어떤 폭발입니까?'

"음, 아닐세."

하이엘바인이 다시 일어나 고개를 저었다.

"좋은 얘기는 아닐세. 이해해 주게."

"알겠습니다."

리오는 다른 것을 묻기로 했다.

"울프헤딘이란 무엇입니까?"

"오딘님께서 전사들에게 내리는 힘 중 하나일세."

하이엘바인이 설명했다.

"울프헤딘은 직역하자면 '늑대의 모피를 걸친 자' 일세. 그 힘을 받은 자들은 늑대의 모습이 되어 산과 들판을 빠르게 이동할 수 있네."

"변신이라는 말씀입니까?"

"그렇다네. 기습과 은신 등의 전략 전술에 유용했지. 비슷한 힘으로 베르세르크라는 것이 있네. '곰의 속옷을 입은 자'라는 뜻인데, 그 힘을 받은 자들은 곰의 모습이 되어 백병전에 유리한 위치를 가질 수 있었네."

"그렇군요."

리오는 질문의 핵심을 꺼냈다.

"스트라케님은 왜 울프헤딘 상태가 되셨을까요?"

"모르겠네. 울프헤딘임에는 분명하네만…… 조금 다르네. 클라라와 마찬가지로 내가 모르는 힘일세. 만약 울프헤딘이라면 내가 해제할 수 있었을 것이네."

"우우……."

스트라케의 울음소리가 구슬펐다.

"그렇다면 클라라님처럼 리즈의 왼쪽 눈, 아니, 오딘님의 눈으로 본래의 모습을 잠시나마 되찾으실 수도 있겠군요."

"아마도 그럴 것이네. 그 눈의 발레이그르는 대단했으니까."

리오는 리즈가 있는 곳으로 돌아가 보는 것도 괜찮겠다고 생각했다. 클라라와 라그나로크 기록, 그리고 오딘의 잃어버린 눈까지는 우연으로 치더라도 스트라케의 경우는 달랐다.

천 년이 넘도록 신의 무력을 대행해 온 그의 직감이 큰 위험을 알렸다.

"그런데 말입니다."

"음, 얘기하게."

"이대로 걸어서 돌아가면 한 세월이 걸릴 것 같군요. 제법 멀리 왔으니까요."

"아……."

자신들이 사막 한가운데에 있다는 사실을 그제야 깨달은 하이엘바인은 상당히 난감해했다.

"스트라케, 혹시 이 상태로 비행할 수 있겠느냐?"

스트라케가 귀를 다시 앞으로 눕히며 머리를 좌우로 흔들었다.

"음, 곤란하군. 어쩌면 좋겠나? 난 아직 회복이 좀……."

"물론 스트라케님은 제가 모셔야겠지요."

리오가 힘을 개방하여 스트라케를 공중에 띄웠다.

스트라케는 분명 크고 무거웠지만 리오의 입장에서는 적에게 던진 검을 공중에서 빠르고 세밀하게 조작하는 것보다 훨씬 쉬운 일이었다.

"우우웅."

스트라케가 리오로부터 고개를 픽 돌렸다. 리오는 그 늑대, 아니, 그녀가 무슨 말을 한 것 같은 느낌이 들어 하이엘바인을 봤다.

"특별히 자네에게 도움을 받고 싶진 않았다고 했네."

하이엘바인의 해석에 리오는 고개를 끄덕끄덕했다.

'흠, 어딘지 모르게 익숙한 말투로군.'

자신의 용족 친구를 떠올린 그는 교신기를 꺼내 현재 위치를 확인한 후 루이체와 쑤밍이 있는 동굴 쪽으로 날아갔다.

*　　　*　　　*

고기를 맛있게 구워 먹으며 리오를 기다리던 루이체와 쑤밍은 자신들의 눈을 의심했다.

"선물이야, 오빠?"

루이체가 겁에 질려 가리킨 것은 스트라케였다.

그런 반응이 나올 줄 알고 있었던 리오는 모닥불 가까이 다가가 구워지고 있는 고기들의 상태를 확인했다.

"하이엘바인님의 옛 동료야. 오리지널 발키리이시지. 우리에겐 대선배이시니 예의를 갖추도록 해."

"바, 발키리? 그렇다면 암컷, 아니, 여성이시라고?"

"그래. 난 이 고기들을 좀 치료해야 할 것 같으니 너희들은 가서 인사드려. 어서."

리오는 양념들이 든 통을 꺼내 살피며 고기의 맛을 다시 살릴 방안을 고민했다.

서로를 보며 쭈뼛거리는 둘을 향해 하이엘바인이 이리 오라는 손짓을 했다.

"부끄러워하지 마라. 내가 소개시켜 주마."

"하, 하하."

루이체와 쑤밍의 얼굴에 억지스러운 미소가 떴다.

'부끄러워한다기보다는…….'

'부담스럽지 말입니다.'

그래도 피할 수 있는 상황은 아니었다. 그녀들은 스트라케를 향해 무거운 발걸음을 옮겼다.

하이엘바인은 그녀들의 속도 모른 채 천진난만하게 웃으

며 소개했다.

"여기 있는 금발 아가씨가 루이체란다. 리오의 동생이지."

루이체가 고개를 꾸벅 숙였다.

"루이체라고 합니다."

그리고 덥석, 머리를 물렸다.

"으아아아아악!"

스트라케의 앞니 사이에 목이 낄 정도로 깊이 덮쳐진 루이체는 스트라케의 입안에서 비명을 질렀다.

깨물기는커녕 힘을 하나도 넣지 않은 행동이었으나 스트라케의 입안에 루이체의 머리가 완전히 들어간 것을 본 모두는 크게 경악했다.

"으악! 스트라케, 무슨 짓이냐! 어서 루이체를 놔라!"

하이엘바인의 지시대로 루이체를 놔준 스트라케는 고개를 옆으로 돌린 채 하품을 크게 했다.

"으아, 으아아……!"

정신적 충격을 받은 루이체는 손으로 자신의 머리와 목을 정신없이 더듬거렸다.

"이런, 세상에!"

하이엘바인이 루이체를 꼭 껴안은 뒤 수건으로 얼굴과 목을 손수 닦아주었다.

"이거 정말 미안하게 됐구나. 암컷이라는 말에 화가 났다고는 하지만 이렇게까지 할 것은 없는데……."

"아, 아니요. 괜찮아요. 불쾌감도 없고…… 머리는 오히려 맑아진 것 같아요."

"뭐라고?"

하이엘바인은 고개를 살짝 옆으로 젖힌 채 한참을 생각했다.

"안정 작용과 해독 작용인 것 같군요."

동생이 물리는 모습을 보고 벌떡 일어났던 리오는 말을 마치자마자 한숨을 푹 쉬었다.

"게리와 프레키도 저를 물어서 피로와 독을 해소시켜 준 적이 있습니다."

"아, 그렇군. 울프헤딘 상태의 전사에게도 그런 능력이 있을 줄은 몰랐네."

"아스가르드의 힘이겠지요."

분위기가 대충 수습된 뒤 쑤밍이 스트라케에게 인사했다.

"쑤밍이라고 합니다. 잘 부탁드리지 말입니다."

그녀의 특이한 말투에 스트라케가 늑대의 외모에 맞지 않게 한쪽 입꼬리를 쓱 올리며 피식 웃었다.

"귀, 귀여운 아이라고 하는구나. 하하하."

하이엘바인이 서둘러 설명했다. 사실 그렇게 말한 적이 없는 스트라케는 하이엘바인을 물끄러미 바라봤다.

어찌어찌 소개가 끝난 뒤, 리오는 동굴 안으로 들어와 벌러덩 누운 스트라케를 잠깐 본 후 입을 열었다.

"하이엘바인님께서도 아시다시피 루이체의 교신기가 부서지는 바람에 안에 있던 일정도 모조리 날아갔습니다. 이럴 때는 지시가 내려올 때까지 대기하는 것이 정식 절차이지만 스트라케님의 일이 이번 임무와 별개가 아니라고 판단되는 바, 아틀라스의 일로 잠시 미뤄졌던 라그나로크 기록에 대한 조사를 하고자 합니다."

그가 이어서 물었다.

"어찌 생각하십니까?"

"난 후배로서 자네의 뜻을 따르겠네."

하이엘바인의 대답은 진지했다. 그러나 스트라케의 표정은 조금 구겨졌다.

발키리들에게 있어서 하이엘바인은 그들 스스로의 목숨과 명예보다 더 위대하고 소중한 존재였다. 그런 그녀가 이제 겨우 천 살이 넘은 자를, 그것도 증오스러운 하이볼크의 하수인을 따르는 모습은 스트라케에게 있어서 울화통이 터지는 일이었다.

그러나 스트라케는 즉시 행동하지 않았다. 하이엘바인이 인정한 자를 공격하는 것 역시 그녀 입장에선 무례한 행동이었다.

'정말 피가 뜨거운 분이시군.'

스트라케의 억제된 분노를 느낀 리오는 일단 표정 관리를 하며 동생과 제자를 봤다.

"루이체와 쑤밍도 의견이 있으면 얘기해 봐."

"먹고 자는데 문제없으면 찬성."

루이체는 입장이 입장인지라 별로 할 말이 없었지만 쑤밍은 달랐다.

리오와 루이체를 돕기 위해 온 것은 사실이지만 서룡족 제왕의 대리자로서 이 세계에 있는 용족을 관리하는 것 역시 분명한 그녀의 임무였다.

그 때문에 리오는 스승으로서 의견을 물은 것이 아니라 행정 관계상 거의 동일한 입장에서 질문한 것이다.

"스승을 따르지 않는 제자는 없지 말입니다!"

"…마음은 알지만 너에게는 용족 보호 및 관리라는 정식 임무가 있잖아?"

"용족들은 강하지 말입니다!"

리오는 오른손으로 얼굴을 덮어 표정을 감췄다.

'내가 잘못 가르쳤군.'

공과 사를 좀 더 명확히 구분할 수 있게 가르쳐야 했었다는 후회가 그의 뒷목을 잡았다.

"그렇다면 즉시 가는 쪽으로 하지."

앞으로의 일정이 결정된 직후, 일행은 남아 있는 고기를 깔끔하게 먹어치웠다. 고기의 양념을 조절하면서 굽는 것에만 몰두하던 리오는 리즈의 저택에 가서도 자신이 요리하는 일이 없기를 소망했다.

출발 준비를 마친 일행이 동굴을 나왔다.

하이엘바인은 유리화된 땅을 다시 둘러봤다. 시간의 흐름에 따라 조금씩 사라지던 안타까움이 다시 채워졌다.

'다시는 이런 일이 없기를.'

그녀는 발할라에 있는 오딘에게 기원했다.

리오는 쑤밍에게 지도를 보여주었다.

"이곳이야. 우리가 이 세계에서 접촉한 장소, 기억하지? 거기서 그리 멀진 않아."

빨간 눈동자로 지도를 읽은 쑤밍이 힘차게 끄덕였다.

"그곳까지는 단번에 갈 수 있지 말입니다."

"그럼 그 이후부터는 내가 방향을 가르쳐 줄게. 언제든지 정신감응을 할 수 있도록 대비해 놔. 알겠지?"

"예, 스승님."

리오는 제자의 등을 두드렸다.

"좋아, 가자. 준비해 줘."

"예!"

쑤밍이 하늘로 뛰어올랐다.

어느 위치까지 상승한 그녀의 몸에서 진한 녹색의 빛이 터졌다. 그 빛은 점점 커지더니 이윽고 길게 늘어져 하늘을 수놓았다.

빛이 사라지며 나타난 것은 진녹색의 드래곤이었다. 형태는 일반적으로 사람들이 생각하는 날개 달린 파충류의 모습이 아니라 거대한 뱀의 모습에 가까웠다.

상당한 거리를 두고 앞뒤에 달린 네 개의 다리는 짧지만 튼튼해 보였으며 검은 갈기가 풍성한 머리에는 사슴의 뿔과 비슷한 것이 뭉툭하게 솟아 있었다.

몸 전체를 덮은 마름모꼴의 비늘은 빛을 받는 각도에 따라 색의 깊이가 조금씩 달라져 마치 잘 짜인 비단처럼 보였다.

"오오, 멋지구나!"

동룡족의 변신을 처음 보는 하이엘바인은 입을 벌리며 감탄했다. 반면 스트라케는 그 크기와 형상에 압도당하여 땅에 몸을 바짝 붙였다.

거기서 하이엘바인이 고개를 갸웃했다.

"한데 이상하구나. 내가 본 동룡족의 자료에 따르자면 모두가 턱과 코밑에 긴 수염을 달고 있었는데 왜 너에겐 수염이 없는 것이냐?"

드래곤 상태의 쑤밍이 눈웃음을 지었다.

"전 여자라서……."

"아."

당연한 것에서 신선한 자극을 받은 하이엘바인은 허탈하게 웃었다.

쑤밍이 천천히 몸을 땅에 댔다.

"실례할게."

리오는 제자의 큰 턱에 짧은 키스를 한 뒤 그녀의 등줄기에서 꼬리 끝까지 이어진 검은색의 갈기 위에 앉았다.

"모두 올라타십시오. 목적지까지 몇 분 안 걸릴 겁니다."

그의 바로 뒤편에 루이체가 자리를 잡았다. 쑤밍과 이곳저곳 놀러 다니며 그녀의 등을 자주 빌린 덕에 올라타는 자세가 매우 자연스러웠다.

하이엘바인도 루이체의 뒤편에 자리를 잡았다. 그녀는 스트라케가 올라오지 않자 손짓을 하여 재촉했다.

"어서 올라오려무나. 보기보다 푹신하고 편하단다."

그 말에 루이체가 깔깔 웃었다.

"쑤밍은 머릿결이 좋잖아요."

동룡족의 등줄기에 난 갈기는 인간의 모습일 때 머리털과 이어진다. 그 사실을 어렴풋이 깨달은 하이엘바인은 결혼도 안 한 아가씨의 머리카락을 깔고 앉는 것이 너무 미안했다.

"자, 스트라케. 쑤밍을 생각해서라도 어서 올라타렴."

"우우······!'

머뭇거리던 스트라케는 결국 하이엘바인 뒤편에 몸을 걸 쳤다.

리오가 쑤밍의 비늘을 두드렸다.

"출발하자."

"예, 스승님!"

쑤밍의 긴 몸이 하늘로 솟구쳤다. 급상승 직후 고도를 맞추기 위해 쑤밍이 하강하자 하이엘바인은 발끝이 시원해지는 느낌을 받았다.

"와아!"

하강 도중에 루이체가 두 팔을 들고 환호했다. 리오는 신경도 쓰지 않았지만 하이엘바인에겐 상당한 호기심을 불렀다.

"지금 무엇을 한 것이냐?"

"아까처럼 쭉 내려가면 기분 좋잖아요!"

리오가 뒤를 흘끔 봤다.

"친구를 놀이기구로 생각하면 못써."

"히히."

루이체가 앞쪽을 향해 소리쳤다.

"쑤밍, 한 번만 더 해줘! 하이엘바인님도 같이 하신대!"

"응!"

리오가 움찔했다.

"어이, 너희들!"

그러나 말릴 틈도 없이 쏘밍이 높게 상승한 후 급강하했다. 아까와 달리 나선을 그리며 잔뜩 멋을 부리기까지 했다. 보통 인간이었다면 피가 쏠려 기절할 속도였지만 루이체와 하이엘바인에겐 적절한 자극이었다.

루이체와 하이엘바인이 두 팔을 번쩍 들었다.

"와아!"

드워프들의 일, 그리고 스트라케의 일 때문에 그늘져 있던 하이엘바인의 표정이 조금이나마 밝아졌다.

즐거워하는 그들의 모습에 리오도 졌다는 듯 웃었다.

"쏘밍, 계속 하고 싶으면 은폐 결계를 쳐."

"알겠습니다!"

쏘밍의 모습이 하늘에서 사라졌다. 그러나 그녀가 지나가며 남긴 긴 구름은 거대한 산맥처럼 구불구불하게 남았다.

CHAPTER 12
벌레소굴

렘런트는 서로 간에 아무런 제한 없이 정보를 공유하지만 개인적인 생각의 경우는 다르다. 직접 만나서 대화를 하며 의견을 나눠야 하는 부분도 존재한다. 그것이 그들의 '인정하지 않는 한계'였다.

그렇다 하더라도 렘런트들이 서로 대화를 나누는 일은 드물었다. 자신이 누군지도 모르는 그들이 다른 이에게 유대감을 갖는 것은 어려운 일이었다. 그런 의미에서 쌍둥이들은 정말 희귀한 존재였다.

그런데 그런 분위기에 변화가 생겼다.

"올림포스······?"

쌍둥이와 마찬가지로 기억의 희미한 일부를 가진 렘런트들이 그 멸망한 신계의 이름을 중얼거렸다.

"정말 그 거한이 헤라클레스라는 존재로 각성했단 말인가?"

"맞아!"

한 렘런트의 질문에 모임의 한가운데에서 빛을 받고 있던 쌍둥이들이 큰소리로 대답했다.

"아틀라스라는 거인이 녀석을 일깨웠어! 그리고 녀석에게 어떤 단검을 주며 우리들 모두의 각성을 부탁했다고! 그런데 녀석이 아틀라스를 소멸시키고 혼자 도망쳤어!"

"녀석을 잡아야 해! 우리 동포 모두를 동원해서라도 꼭 잡아야 한단 말이야!"

여성의 모습을 한 렘런트가 어둠 속에서 걸어나왔다.

"그런데 너희들은 어떻게 여기 있는 거니? 살아서 돌아올 상황이 아니었을 것 같은데? 게다가 그 저주스러운 신의 하수인까지 붙어 있었다며?"

예전에 리즈를 노리다가 리오에게 큰 부상을 입은 렘런트였다.

자신이 여성이고 아름다움과 관련이 있다는 사실을 어렴풋이 기억하는 그는 다른 동포들로부터 여성이라고 공식적으로 인정받고 있었다.

'그녀' 의 지적에 쌍둥이들은 말문이 막혔다.

"우, 우리도 탈출할 정도의 능력은 있어!"

"우리 힘으로 여기까지 온 거야!"

쌍둥이들이 항변했다.

"후, 거짓말."

그녀가 비웃자 쌍둥이들이 더욱 열을 냈다.

"봤어? 네가 보기라도 했냐고!"

"물론 봤지. 나도 그 거한에게는 조금 신경 쓰였거든. 빛도 졌고 말이야. 그래서 너희들 몰래 따라갔는데 전부 봐버렸단 다."

"음……!"

쌍둥이들이 위축됐다.

렘런트의 시선이 쌍둥이에서 그녀에게 옮겨갔다.

"쌍둥이들이 어떻게 살아날 수 있었나?"

가장 기세가 강한 렘런트가 그녀에게 물었다. 그 렘런트는 체구가 그리 크진 않았지만 눈을 비롯한 몸 곳곳에서 전류가 가끔 터지는 박력은 다른 렘런트들과 격이 달랐다.

그가 현재까지는 렘런트들의 우두머리에 가까운 존재였 다.

"그 거한, 아니, 헤라클레스라고 할게. 헤라클레스가 저들을 구했어. 하지만 좀 이상했지. 그 빨간 머리가 헤라클레스를 그냥 보내줬거든."

그녀의 설명에 우두머리 렘런트가 흥미를 보였다.

"보내주다니, 이유가 궁금하군."

"한통속이야!"

쌍둥이들이 외쳤다.

"분명 한통속일 거야! 우리를 못 죽여서 안달인 그 빨간 머리가 왜 헤라클레스만 보내줬겠냐고!"

"목소리를 낮춰라."

우두머리의 눈빛이 강해졌다. 쌍둥이들이 그 기세에 질렸다.

"동포여, 그 외에 얻어낸 것은 없나?"

"있지."

그녀가 복부 부근에 손을 대더니 자신의 몸 안으로 쑥 집어넣었다. 주머니에서 뭔가를 꺼내듯 그녀가 밖으로 꺼내 보인 것은 작은 파편 몇 개였다.

"이걸 가져왔어. 내가 보기엔 그 신의 하수인이 사용하는 기계의 파편 같아. 현장에서 빼오느라고 정말 힘들었어."

"소득이라고 할 수 있겠나?"

"아직은 알 수 없어. 하지만 뭔가가 분명히 나올 것 같긴 해."

그러자 또 다른 렘런트가 그들이 있는 곳으로 걸어나왔다. 중성적인 몸매의 그 렘런트는 한숨 소리를 냈다.

"이봐, 그러다가는 너무 긴 세월을 보내게 될지도 모른다고."

그의 시비에 여성 렘런트가 연기와도 같은 몸을 부르르 떨어 불쾌감을 드러냈다.

"그래, 네가 가진 특징은 지혜지. 어디 한번 말해봐."

"간단해."

그가 여유있게 말했다.

"신의 하수인들은 헤라클레스와 쌍둥이들이 간 그곳에 이미 나타나 있었어. 그건 그들이 우리가 반드시 알아야 할 정보를 미리 차단하기 위해 움직이고 있다는 뜻이야. 그렇다면 이쪽에서 고생할 필요가 없지. 우리가 그들을 따라가면 될 테니까."

"홍, 그 신의 하수인이 가진 감지 능력과 문제 해결 능력을 아직 모르나?"

그녀가 비웃음 소리를 냈다.

"그는 우리의 능력을 초월하고 있어. 감지 범위의 차원이 달라. 또한 그는 동포들이 남긴 하찮은 단서만으로도 감을 잡고 철저하게 추적해 왔어. 그런데 그를 따라다니라고? 어이가 없군."

"누가 사냥을 하자고 했나?"

그가 더 크게 비웃었다.

"우리 동포들의 숫자를 생각해 봐. 일정 간격으로 동포들을 배치하는 거야. 그물처럼 말이지. 그렇게 하면 녀석의 위치를 알 수 있어. 동포들이 죽는 곳이 바로 녀석이 있는 장소니까."

그 자리에 참석한 렘런트들이 눈빛을 밝히며 웅성거렸다.

"너무 극단적인 방법이 아닌가?"

우두머리의 질문에 지혜를 기억하는 렘런트가 머리를 흔들었다.

"너야말로 왜 그렇게 생각하지? 우리가 억지로 동포라 불러주는 '서번트'들을 동원하면 되잖아?"

서번트는 렘런트에 감염되어 그들에 편입된 생물을 칭한다. 대부분의 렘런트들은 그들을 동포라고 인정하지만 지금 이 자리에 모인 특이한, 굳이 말하자면 간부급의 렘런트들 중 몇몇은 그들을 서번트, 즉 종복이라 부르며 깎아내리곤 한다.

우두머리와 다른 렘런트들이 아무 말도 하지 않자 지혜의 렘런트가 대놓고 답답해했다.

"생각 좀 하라고! 우리들 중 누군가가 옛 모습을 되찾았어! 그자, 헤라클레스는 올림포스라는 옛 신계의 신족이야! 우리 역시 신족, 아니, 그 이상의 존재일지도 모른다고! 그 기회를

가만히 지켜보자는 건가?'

렘런트들이 빠르게 눈빛을 교환했다.

"좋아, 승인하지. 그대가 말한 방법이라면 신의 하수인은 물론 우리를 배신한 헤라클레스도 잡을 수 있을 것이야."

우두머리 렘런트가 말했다.

"행동하세, 동포들이여!"

*   *   *

리즈가 오늘 입을 상의는 밝은 하늘색이었다.

그 옷을 잠시 살핀 리즈는 곁에 있는 검은 옷의 여성, 도로시에게 손을 내밀었다.

리즈는 그녀가 전해준 흰 셔츠를 천천히 입고 나서 상의와 맞춰 만들어진 하늘색의 튼튼한 바지를 차례로 입었다.

옷매무새를 정돈한 그는 철갑으로 단단히 보호된 부츠를 신었다.

마지막으로 아까 살피고 있던 상의를 걸쳤다.

그는 거울 앞에 섰다. 양손으로 관자놀이 부분을 스치듯이 자신의 금발을 정돈했다. 왼쪽 눈동자의 은색과 오른쪽 눈동자의 진녹색이 뚜렷이 대치됐다.

곁에 있던 여성이 거울의 안쪽으로 들어왔다.

"도련님, 머리를 또 손질하셔야겠어요."

"응."

그는 왼손으로 왼쪽 눈을 누르듯 만졌다.

"내일 자르자, 도로시. 어차피 오늘도 자랄 테니까."

"예, 도련님."

리즈는 갑옷을 걸치고 검을 허리에 묶었다. 도로시는 불안하게 줄타기를 하고 있는 사람을 보듯 그를 지켜봤다.

거실을 지나 저택 현관을 나선 그의 눈앞에 검은 연기를 지독하게 내뿜으며 불타는 건물들이 보였다.

단순한 화재는 아니었다. 오크, 트롤의 독립군이 수십 분전 땅굴로 도시를 기습한 흔적이었다.

"올리버."

리즈의 부름에 검은 갑옷을 입은 황갈색 머리의 청년이 다가와 허리를 굽혔다.

"부르셨습니까, 도련님?"

"적들은 어디까지 들어왔지?"

"아직 시장에 있습니다. 땅굴로부터 많이 벗어나진 못했습니다."

리즈는 시장에 배치된 병사들이 경비대 소속임을 빠르게 기억해 냈다.

그는 왼쪽 눈에 가벼운 통증을 느꼈다. 전쟁과 관련된 모든 일, 그러니까 사소한 말다툼을 제외한 모든 싸움을 생각할 때 그의 왼쪽 눈은 통증을 동반한 통찰력을 그에게 전해주었다.

그래도 지금 느낀 수준의 통증은 아무렇지 않게 이겨낼 수 있었다. 리즈는 지금보다 더 강한, 의식이 끊어질 정도의 강력한 통증을 최근 몇 번이고 연거푸 겪고 있었다.

"경비대 대원들은 수가 적어. 시간을 따졌을 때 우리가 어서 지원해 주지 않으면 전멸할 거야."

경비대가 독립군을 막고 있다는 말을 꺼낸 적도 없는 올리버는 리즈의 그 능력에 감탄하면서도 걱정을 감추지 않았다.

"도련님, 몸을 생각하셔야 합니다."

리즈의 가문에 기사로서 종속된 올리버는 원래 리즈가 여자라는 사실을 알고 있는 극소수 가운데 한 명이다.

깨끗한 리즈의 갑옷과 달리 올리버의 갑옷은 이곳저곳에 생채기가 나 있었다. 왼팔에 끼고 있는 투구 역시 억지로 편 자국이 낭자했다.

그것들 모두가 며칠 전부터 쌓인 것들이었다.

"괜찮아."

리즈가 웃었다.

"머리가 빨리 자랄 뿐이잖아."

"그게 문제입니다."

올리버가 안타까워했다.

"나에게 악영향이 있었다면 그분들께서 진작 말씀해 줬을 거야. 지금은 이 힘을 자유롭게 쓸 수 있어서 오히려 마음이 놓여."

그의 왼쪽 눈은 아스가르드의 주신, 오딘의 잃어버린 눈이었다.

하이엘바인이 오딘의 눈과 리즈의 결합을 수정해 준 이후 그는 의도했던 바와 관계없이 눈의 힘이 폭주하여 고통받는 일은 없었다.

올리버를 비롯한 스타인 저택의 가족들은 하이엘바인이 눈을 회수하러 돌아올 때까지 아무 일도 일어나지 않기를 바랐다.

하지만 리오 일행이 떠난 이후 며칠 지나지 않아 독립군들이 쳐들어왔다.

그들의 침공은 어차피 예견된 일이었다.

오크와 트롤의 정찰 부대는 인근 숲이나 산에서 심심치 않게 발견됐고 대규모의 군대가 이동하고 있다는 정보 역시 리오 일행이 리즈들을 만나기 전부터 감지되고 있었다.

도시에서 식량을 축내고 각종 범법행위를 저지르며 주둔하던 연합군 병사들이 밥값을 하던 날, 그들 덕분에 1차전은 민간인의 피해 없이 무사히 끝났다.

2차전도, 3차전도 병사들의 숫자가 조금 줄었을 뿐, 오크들의 지저분한 가죽장화가 도시 정문을 지나는 일은 없었다.

그리고 문제가 벌어졌다. 무식하게 전면전만 벌이던 오크들이 도시의 방벽 밑으로 땅굴을 파서 내부를 습격한 것이다.

오크와 트롤이 그렇게 공격한다는 얘기를 들어본 적이 없었던 연합군은 당황했다. 뿐만 아니라 땅굴이 어떻게 만들어지는지도 파악하지 못했다.

땅굴이 나타난 지역은 모두 민간인 거주 구역이었기에 민간인 피해가 속출했다. 도시가 워낙 컸고 건물들도 빽빽해서 연합군 병사들의 구출 작전도 수월하진 않았다.

게다가 적은 오크와 트롤만이 아니었다. 거대한 설인들까지 몽둥이를 든 채 땅굴에서 뛰어나와 사람들을 깔아 죽이고 하늘로 날려 버렸다.

만약 리즈와 그의 친구들이 달려와 땅굴에서 나온 적들을 격퇴하지 않았다면 도시 밖에서 우왕좌왕하던 연합군은 때맞춰 달려오는 독립군 본부대에게 완전히 와해됐을 것이다.

모든 이들은 그 이후를 걱정했다. 설인이 튀어나올 정도로 거대한 땅굴이 아무런 예고도 없이 도시 안쪽에서 출현하는 것은 상상할 수 없을 만큼 끔찍한 압박이었다.

결국 리즈의 민병대를 끝까지 정식으로 인정하지 않았던 도시의 공작, 세브리노 록펠은 일정 규모 미만의 부대를 소유할 수 있는 권한을 주었다. 리즈 일행이 그렇게 원하던 바로 그 순간이었다.

"저승에서 자네 부친을 볼 면목이 없을 것 같군."

기뻐하는 리즈에게 던진 공작의 한탄이었다.

리즈가 급히 돈을 지불하여 데려온 용병들과 민간인 의용병들로 구성된 그의 민병대는 50명도 채 되지 않았다.

하나 전적은 도저히 급조된 민병대라고 생각할 수 없을 정도로 화려했다.

그들은 땅굴이 나타날 때마다 달려가서 격퇴했다. 그로 인해 기동력만큼은 정규군 정예부대를 능가한다는 평가까지 받기도 했다.

전투가 벌어질 때마다 리즈의 지휘 능력은 찬란하게 빛났다. 작전은 항상 주효했고 적이 사용하려는 속임수는 완벽히 파훼했다.

물론 리즈의 재능이라기보다는 오딘의 눈이 가진 위력이었다.

그와 함께하는 병사들은 오딘의 눈이 전해주는 힘에 의해 용사로 변했다. 그전까지 만나본 일도 없는 의용병과 용병들이 몇 년 이상 함께 훈련한 사람들처럼 호흡이 척척 맞았다.

'하지만 그럴 때마다 도련님의 머리카락이 길어지고 있어.'

올리버는 불안했다. 리즈의 머리는 사흘 전과 비교해 무려

엄지손가락 길이만큼이나 자란 상태였다.

이윽고 도로시가 다른 이들과 함께 저택을 나왔다.

도로시를 앞지르듯 한 소녀가 저택 문밖으로 쭉 걸어나왔다. 진홍색 커트머리를 하고 흰색 가죽드레스로 몸을 단단히 조인 그 소녀는 허리 좌우에 손을 얹으며 리즈 앞에 섰다.

그녀의 선홍색 눈동자가 저택 안쪽을 힘주어 노렸다.

"루파, 어서 나오지 못하겠니? 미천한 인간들이 우리의 구원을 기다리고 있단다."

"예, 예. 나갑니다요."

갈색 피부의 소녀가 잠에서 덜 깬 얼굴로 나왔다. 선이 뚜렷하고 가느다란 팔 근육이 머리를 긁는 그녀의 움직임에 맞춰 팔딱팔딱 움직였다.

"준비됐습니다, 도련님."

검은색의 야전용 드레스를 걸친 그녀, 도로시의 보고에 리즈는 고개를 끄덕였다.

"수고했어, 도로시. 클라라는 어때?"

리즈가 그녀를 올려다봤다. 리즈가 작기도 했지만 도로시는 어지간한 남성만큼이나 키가 큰 편이었다.

"방에 있습니다. 그림을 그리고 있더군요. 부를까요?"

"괜찮아. 클라라가 할 일은 따로 있어. 그럼 훈련장으로 이동하자."

리즈는 흰색 깃털이 꽂힌 하늘색의 중절모를 투구 대신 썼다. 일반 중절모보다 챙이 뚜렷이 넓은 그 모자는 그가 최근부터 사용하고 있는 물건이었다.

그들이 이동한 훈련장 안쪽엔 그의 민병대들이 말들을 데리고 모여 있었다.

그들은 시장이 땅굴에 습격당했다는 말을 듣자마자 숙소에서 장비를 챙겨 나왔고 지금은 천천히 몸을 풀고 있었다.

리즈가 서둘러 그들 앞으로 왔다.

"죄송합니다. 기다리셨죠?"

용병들은 언제 봐도 유약한 그의 모습에 시큰둥했으나 의용병들은 껄껄 웃으며 리즈를 맞이했다.

"도련님을 기다리는 게 어디 하루 이틀인가요?"

"기다리는 건 얼마든지 괜찮으니 어서 구하러 갑시다!"

의용병들의 대부분은 리즈와 오랫동안 알고 지낸 도시 상인들이었다.

그렇다고 무기를 이번에 처음 다루는 초보는 아니었다. 원래 군인이었던 사람부터 범죄 조직에 몸담고 있다가 손을 씻은 사람까지, 전직이 매우 다양했다.

용병 중 한 명이 손을 슥 들었다.

"도련님, 오늘도 그 여신님이 나오십니까?"

리즈가 빙긋 웃었다.

"우리가 어려움에 처하면 반드시 나타나 줄 겁니다."

그 말에 안심한 용병들이 멋쩍게 웃었다.

용병들은 뱃사람들만큼이나 미신에 민감한 자들이었다. 그들은 목숨을 지켜준다는 단서가 붙은 물건이나 행동은 정말 허무맹랑한 것만 아니라면 뭐든 해보고 믿어왔다.

그리고 지금, 리즈의 민병대에 속한 용병들은 '전투의 여신'이라 불리는 존재를 굳게 믿고 있었다.

"말에 오르십시오!"

부관의 자격을 가진 올리버가 외쳤다.

리즈를 선두로 모두가 말을 탔다.

올리버의 안장은 뒤쪽에 좌석이 하나 더 있었는데, 그곳은 누나인 도로시의 자리였다. 그녀를 먼저 안장에 올려준 젊은 기사는 힘있게 말에 올랐다.

마리아는 루파가 모는 말에 앉았다. 원래는 서열이 비슷한 둘이지만 마리아는 루파를 개인 하녀 정도로 취급하고 있었다. 그에 맞게 루파도 그녀를 리즈 다음의 상전으로 잘 모셨다.

그녀가 안장의 옆으로 앉아 다리를 꼬는 폼이 용병들의 눈에는 영 불안하고 불길했다.

분명 전쟁터로 가는 사람의 모습은 아니었다. 그러나 그녀의 비인간적인 능력과 대단한 성깔을 알기에 아무도 토를 달지 않았다.

리즈는 일행을 보며 아쉬워했다.

'아폴로니우스와 아르테가 있었다면 트롤 궁병도 무섭지 않았을 텐데.'

리오가 '목동'이라고 칭했던 그 남매는 독립군의 군대가 공격해 오기 불과 하루 전에 저택을 떠났다.

성격이 조금 특이하고 속을 알 수 없는 남매이긴 했지만 도와줄 때는 확실하고 적극적이었기에 동료들 대부분은 아직도 그들을 신뢰하고 있었다.

그러나 간단한 송별회도 없이 홀연히 떠나고 말았다.

원래 무뚝뚝한 성격인 아폴로니우스는 아무 말도 하지 않았고, 그의 누이인 아르테는 나중에 꼭 다시 만나자는 말만 남겼다.

아폴로니우스의 과감함과 아르테의 냉정함, 그리고 둘의 실력이 여전히 리즈의 손에 있었다면 그의 머리카락이 지금처럼 과도하게 길어지는 일은 없었을 것이다.

"출진!"

리즈가 손을 번쩍 들었다.

리즈와 그의 민병대가 훈련장 밖으로 깔린 길을 통해 저택을 빠져나갔다.

시장의 상황은 의외로 안정적이었다.

시가전과 도시의 구조에 매우 익숙한 경비대들은 몇 명씩 짝을 이뤄 오크와 트롤들을 교란시켰다.

미로처럼 복잡한 시장의 구조와 자신들의 거구에 맞지 않는 좁은 골목으로 인해 오크들은 인간사냥은커녕 정신없이 분산되어 여기저기를 헤맸다.

그들은 헤매는 와중에 잠복해 있던 경비대의 검과 창에 맞아 쓰러졌다. 골목에서 갑자기 튀어나온 경비대 궁수의 사격에 죽는 경우도 속출했다.

트롤들 역시 활을 제대로 쓰지 못했다. 그들의 활과 화살이 아무리 강력하다 해도 골목에 숨어 나오지 않는 적들에게는 무용지물이었다.

하지만 땅굴에서 지원군들이 쏟아져 나와 홍수처럼 거리 곳곳을 채우자 경비대 역시 위기에 빠졌다.

"저놈들은 병사들을 빵 굽는 기계에서 찍어내나?"

골목에 숨어 적병들의 움직임을 지켜보던 경비대 대장이 결국 쓴소리를 했다.

"번식력이 아예 다르지 않습니까? 우리는 아이 만들기 외에도 할 일이 많으니까요."

옆에 있는 대원의 말에 대장은 피식 웃었다.

"좀 있으면 리즈 스타인님의 부대가 올 거야. 조금만 버티자고."

대장의 독려에 병사들의 안색이 조금 좋아졌다.

"예전에 민병대 어쩌고 하면서 돌아다닐 때는 목숨 가지고 장난치는 도련님 정도로 생각했는데, 최근에 보니까 정말 대단하더군요."

대원의 말에 대장이 고개를 끄덕였다.

"실전에서 지휘를 그렇게 잘하는 도련님일 줄은 생각도 못했어. 공작님의 성에서 매일 떵떵거리던 그 사령관보다 훨씬 낫더군."

"지금 당장 와주기만 한다면 더욱 좋겠군요."

그들이 있던 골목에 오크들이 들어왔다. 좁은 골목으로 어떻게든 들어오려는 그들을 경비대들이 창으로 찔러 제압했다.

"다음 골목으로 이동이다!"

다른 오크들이 오기 전에 골목 밖으로 나온 경비대 대장은 몇 명의 오크들과 눈이 마주쳤다.

대장은 오금이 저렸다. 도시를 가로지르는 중앙 대로 한가운데였기에 피할 장소도 마땅치 않았다. 지금 이 상태에서 오크들이 동료들을 부르며 달려온다면 목숨을 건질 방도가 없었다.

그러나 오크들은 지원을 부르지도 않고 그대로 도망쳤다.

"뭐지?"

의아해하는 경비대들의 눈에 오크들을 쫓아 열을 맞춰 달려가는 민병대들이 보였다. 그들 사이에 하늘색 옷을 입은 금발 청년이 보이자 경비대 대장이 안도의 한숨을 쉬었다.

"휴, 드디어 왔군."

민병대들은 시장 밖에 말을 세워두고 도보로 이동하고 있었다. 시장 골목에서 말을 타고 돌아다니는 것은 기마병의 가치를 떨어뜨리는 비효율적인 일이었다.

"어서 저들에게 합류하죠!"

병사 한 명이 호들갑을 떨자 대장은 고개를 저었다.

"우리 부대 애들부터 집결시키는 게 먼저야. 민병대가 땅굴 쪽으로 갔으니 우리는 인근 분수대 근처에서 집결한다. 도련님에게만 맡길 수는 없지. 호른을 불어."

호른 몇 개를 옆에 끼고 있는 병사가 그중 녹색 띠가 둘러진 호른을 입에 댔다.

리즈와 그의 민병대는 시장에서 울리는 호른 소리를 들으며 이동을 계속했다.

도로시를 등에 업고 달리던 올리버가 그 소리에 신경이 쓰였는지 뒤를 돌아봤다.

"경비대의 호른 소립니다, 도련님."

리즈가 가진 오딘의 눈동자가 빛났다.

"협공을 위해 흩어진 경비대를 소집하는 거야. 역시 경비대 대장은 훌륭한 분이군. 이번에도 이기면 그분이 이룬 승리나 다름없어."

달려가는 민병대 앞에 땅굴과 땅굴을 지키는 자들이 나타났다.

오크들이 도끼와 둔기, 그리고 전리품으로 얻은 검들을 들고 민병대에 맞서 달려왔다. 오크들 뒤쪽에 위치한 트롤들도 활에 화살을 걸며 공격을 준비했다.

리즈가 소리쳤다.

"마리아, 트롤들을 맡아!"

건물 사이를 뛰며 리즈를 따라가던 마리아가 크게 뛰어오르더니 지면을 향해 손바닥을 뻗었다. 그녀의 손바닥에서 쏟아진 그림자들이 물고기 떼처럼 건물과 땅을 따라 트롤들에게 접근했다.

그림자들은 트롤들의 발밑에 도착하자마자 창처럼 변해 솟구쳤다. 그 그림자 창에 몸통이 꿰여 올라간 트롤들은 격통에 끔찍한 비명을 질렀다.

트롤들 중에서 즉사한 자는 없었다. 마리아가 고통을 느끼며 죽어가도록 교묘하게 조절한 덕분이었다.

후방에서 들린 비명이 오크들의 돌진을 흐트러뜨렸다. 놀라 당황한 오크들을 향해 민병대의 무기들이 폭풍처럼 들이 닥쳤다.

민병대의 선두에 선 사람은 리즈의 곁에 도로시를 두고 달려온 올리버였다. 그는 타고난 체구와 체력을 검에 실어 오크들을 유감없이 치고 베었다. 몇몇 오크가 검은 갑옷이 눈에 띄는 그를 노렸지만 올리버는 손쉽게 피하고 그들을 쓰러뜨렸다.

다른 민병대들 역시 혼란에 빠진 오크들을 무자비하게 쳤다. 도로시, 마리아와 함께 후방으로 빠져 있던 리즈가 그들을 바라보며 왼쪽 눈을 밝혔다.

"도로시는 땅굴을 막아!"

"예, 도련님!"

도로시의 양손 끝에 빛이 맺혔다. 그녀는 소환술이 특기지만 마법에 대한 지식도 풍부했다.

그녀가 마법진을 그리는 한편, 리즈의 왼쪽 눈에 흐르는 빛이 더욱 강해졌다.

"부대, 진격!"

그 외침과 동시에 모든 민병대들이 마치 전투를 위해 태어난 기계처럼 움직였다. 건장한 오크가 보통 키의 남자가 휘두른 검에 무기가 꺾이며 죽었고, 몇몇은 단검에 목이 달아나기도 했다.

엉망이 된 동족들의 시체를 우르르 밟으며 다가오는 그들의 비정한 모습에 오크들이 겁에 질려 뒤로 물러났다.

그 상황은 민병대가 땅굴 앞을 지나는 순간 급변했다.

땅이 마구 울리더니 거대한 설인 하나가 땅굴에서 튀어나왔다. 설인이라는 이름에 걸맞지 않게 흙투성이가 된 그 거대생물체는 손에 든 몽둥이로 눈앞에 있는 민병대를 후려쳤다.

설인이 휘두른 흉기가 땅을 깨고 흔들었다. 사방으로 흩어져 몽둥이를 피한 민병대는 설인이 무기를 들어 올리는 사이 재빨리 움직여 리즈가 있는 방향에서 재집결했다.

오크들은 그들의 훌륭한 조직력을 지켜보며 설인의 뒤쪽으로 다시 모였다.

인간이 활이나 투석기 같은 무기가 없는 상태에서 설인을 이기는 것은 사실상 불가능했다. 설인은 키만 하더라도 인간보다 세 배는 컸고, 덩치와 부피는 비교하는 것 자체가 우스운 일이었다.

그러나 오크들은 긴장의 끈을 놓지 않았다. 기습 부대는 땅굴로 습격할 때마다 한 마리의 설인을 데리고 갔는데, 그 설인이 살아서 돌아온 적이 없었기 때문이다.

마리아는 트롤들을 혼자 상대하느라 꽤 지친 상태였고 도로시는 땅굴을 막을 만한 대형 마법을 완성시키느라 여념이 없었다.

설인은 오크들이 강제로 먹인 약초들로 인해 반쯤 미쳐 있는 상황이었다. 그러나 그런 괴물을 앞에 두고도 민병대들은 전혀 두려워하지 않았다.

리즈가 부여해 주는 힘 때문에 그런 것만은 아니었다. 그들에겐 '여신'이 있었다.

몽둥이를 들어 올리는 설인의 가슴에 하얀색의 빛이 박혔다.

설인의 가슴은 투석기의 돌마저도 아무런 피해 없이 튕겨 내는 특수한 부위였다. 그런데 설인은 그 빛에 맞자마자 가슴을 부여잡으며 뒤로 고꾸라졌다.

설인을 공격한 빛이 땅에 착지했다.

빛이 사라지며 나타난 것은 말을 탄 여성이었다.

붉은색 깃이 부채 모양으로 투구의 중앙을 가로질렀다. 그 투구 밑으로 검은색의 긴 머리가 흘러내려 왔다.

회색 갑옷과 붉은색의 긴 치마를 단단히 입은 그녀는 오른손에 든 돌격창을 설인 쪽으로 내밀었다. 길고 커다란 고깔 모양의 송곳이 절반을 차지하는 그 대형무기는 여성이 들기에는 좀 투박했지만 무기로서의 육중함과 단단함은 확실해 보였다.

청초한 얼굴의 그녀가 검은색의 맑은 눈으로 설인을 노려 봤다.

"전투!"

그것 외에는 내뱉은 말이 없기에 그녀는 '전투의 여신'이라 불린다.

"그우우……!"

설인이 다시 일어났다. 그녀의 돌진에 맞아 가슴 한쪽이 함몰됐음에도 불구하고 설인은 땅에 떨어진 몽둥이까지 다시 들었다. 그것 역시 오크들이 먹인 약초의 효과였다.

그녀, 클라라가 왼손을 들었다. 빛이 그녀의 팔뚝보호대에서 피어올라 크고 둥근 방패가 되었다. 아스가르드 발키리의 상징, 날개의 문장이 정교하게 새겨진 그 방패는 돌격창과 달리 방금 만들어진 것처럼 반질반질했다.

"전투!"

그녀가 설인을 향해 말을 몰았다.

그녀가 탄 말 역시 마갑으로 단단히 보호되고 있었다. 입과 눈에서는 마치 신수의 그것처럼 파란색의 빛이 흘러나왔다.

리즈는 손으로 자신의 왼쪽 눈에서 터지는 빛을 가린 채 상황을 지켜보고 있었다.

빛은 민병대를 지휘할 때보다 훨씬 강렬했다. 눈을 가린 그의 손이 빛 때문에 빨갛게 보일 정도였다.

힘이 빠져 허덕대는 마리아는 리즈의 머리카락이 서서히 길어지는 것을 걱정스럽게 지켜봤다.

'정말 아플 텐데.'

실제로 리즈는 통증과 싸우고 있었다.

클라라의 본모습을 일깨우는 것은 이제 자유로웠다. 몸에 가해지는 부담도 예전보다 훨씬 덜했다.

그러나 어디까지나 예전보다 나은 것일 뿐, 실제 그가 느끼는 고통은 두개골이 뚫는 듯한 격통이었다.

클라라도 리즈의 그런 고생을 알기에 한시라도 빨리 설인을 제압하려 했다.

그녀를 태우고 달리던 말이 도약했다. 앞다리를 굽힌 채 수십 발자국의 거리를 뛰어 설인과의 거리를 좁힌 말은 설인의 눈앞에서 다시금 뛰어올랐다.

설인의 몽둥이를 방패로 받아낸 클라라는 돌격창으로 설인의 머리를 노렸다. 약의 영향인지 비정상적인 반사신경으로 그 공격을 피한 설인은 몸으로 그녀를 밀어붙였다.

방패로 설인의 몸을 막은 클라라는 건물 쪽으로 말을 도약시켰다. 벽에 발을 붙인 채 달리는 말의 모습에 민병대와 독립군 기습 부대 모두 숨을 죽였다.

지금의 승부가 자신들의 승패에 영향을 미친다는 사실을 양측 모두 느끼고 있었다.

클라라의 말이 다시 도약했다. 설인은 그녀를 정확히 노리고 몽둥이를 휘둘렀다.

"전투!"

클라라의 돌격창과 몽둥이가 부딪쳤다. 목재 몽둥이가 단숨에 부서지면서 창끝이 설인의 머리에 박혔다.

머리의 절반이 날아가면서 대량의 피와 파편이 클라라에게 튀었다. 이마에 튄 핏물이 속눈썹 위에 고였으나 그 오리지널 발키리는 집중력을 잃지 않았다.

치명상을 입었는데도 불구하고 설인이 움직이고 있었다. 부러진 몽둥이를 든 채 클라라를 잡으려는 행동까지 했다.

하지만 거기까지였다. 아무리 약으로 통증을 제거하고 이성을 마비시켰다 하더라도 치명상은 치명상이었다.

클라라는 누운 설인을 뒤로하고 멀리 물러났다. 며칠 전까지 그랬던 것처럼 도로시가 마법으로 땅굴을 제거하고 독립군 잔당을 처리하면 일은 끝이었다.

하지만 독립군의 주축인 오크들 역시 인간과 마찬가지로 지능을 가진 생명체였다.

뻥 뚫린 땅굴로부터 설인 두 마리가 더 뛰어나왔다. 약초에 취한 설인들이 동시에 울부짖자 민병대에 합세하기 위해 이동하던 경비대도 동작을 멈췄다.

"전투……!"

클라라는 리즈 쪽을 다시 봤다. 그녀의 걱정대로 리즈는 지금 한계에 도달해 있었다.

그녀는 설인과 싸울 때 전력을 다하지 않았다. 자신이 힘을 사용하면 사용할수록 리즈의 부담이 더 커짐을 그녀는 알고 있었다.

그러나 이제는 어쩔 수 없었다. 한시라도 빨리 설인들을 제거하는 것이 리즈를 위한 일이었다.

힘을 발휘하기로 결심한 순간 그녀의 검은색 눈동자가 은색으로 변했다. 리즈는 더욱 강해진 통증에 못 이겨 무릎을 꿇고 말았다.

"아아악……!"

그렇게 고통스러워하면서도 힘의 사용을 멈추진 않았다.

설인을 제거할 수 있는 자는 현재 클라라뿐이었다. 물론 도로시도 시간만 주어진다면 할 수 있었지만 땅굴을 제거하기 위해 만든 마법이 마무리 단계에 들어간 상황에서 취소할 수는 없었다.

리즈는 어떻게든 클라라가 해결해 주기를 기원하며 인내심을 발휘했다.

"리, 리즈! 리즈!"

마리아가 리즈를 부축하기 위해 손을 뻗었다. 하나 리즈의 몸에 손을 대자마자 팔이 떨어져 나갈 듯한 고통이 마리아에게 전해졌다. 그것이 리즈가 참아내고 있는 고통의 일부분임을 아는 마리아는 아직도 떨리는 손을 거머쥐었다.

'루파를 데려왔어야 했어!'

마리아는 루파를 민병대의 말들 옆에 남겨두고 온 것을 후회했다. 그녀는 지금처럼 급한 상황이 닥치면 루파의 건강한 피를 빨아 대응하곤 했다.

말에서 내린 클라라는 방패를 거둔 뒤 돌격창을 두 손으로 잡았다.

창의 끝을 설인들에게 맞추며 호흡을 조절하는 그녀 앞에 뭔가가 땅을 으깨며 떨어졌다.

흙먼지에 시야가 가린 클라라는 창에 주입하려던 자신의 힘을 급히 수습하고 방어태세를 갖췄다.

흙먼지가 갑자기 불어닥친 큰 바람에 밀려 사라졌다.

클라라 앞에 떨어진 물체는 사람이었다. 그것도 클라라와 마찬가지로 갑옷을 단단히 걸친 여성이었다.

은색 갑옷에 체크무늬 치마를 두르고 붉은색 머플러로 멋을 낸 그녀는 주황색 단발머리를 흔들며 클라라를 돌아봤다.

"가자, 클라라!"

투구를 쓴 그녀가 주먹을 쥐었다. 빛의 입자들이 그녀의 손에 모여들더니 널빤지를 연상시키는 초대형 검으로 변했다.

클라라의 얼굴이 하얗게 변했다. 눈을 부릅뜨고 입을 반쯤 벌린 채 눈앞의 상대를 바라보던 그녀는 급기야 눈물까지 주르륵 흘렸다.

"전투……? 전투?"

"그래, 스트라케다!"

짙은 눈썹의 그녀가 이를 활짝 드러내며 장난기있게 웃었다.

"네 은인이 더 이상 못 버틸 것 같으니 어서 녀석들을 처리하자! 얘기는 나중에 하자고!"

"전투!"

고개를 끄덕인 클라라는 다시 창을 두 손으로 잡고 설인들을 겨눴다. 스트라케는 클라라의 옆에 자리를 잡은 후 검을 위로 치켜올렸다.

"클라라, '비브로스트' 다!"

"전투!"

스트라케의 요청에 맞춰 클라라가 창에 힘을 가했다. 돌격창의 커다란 송곳 부분이 맹렬히 회전하면서 무지갯빛을 뿌렸다.

"전투!"

클라라의 기합과 함께 돌격창 전체에 흐르던 무지갯빛, 이른바 비브로스트가 설인들을 집어삼킬 기세로 터져 나갔다.

비브로스트를 정면으로 맞아버린 설인들은 몸을 사로잡는 강력한 힘에 억눌러 꼼짝달싹 못했다. 그것은 적을 멸살시키기 위한 공격 기술이 아니라 아군의 공격을 돕기 위한 구속 기술이었다.

스트라케가 검을 옆으로 눕힌 채 설인들을 향해 질주했다.

"용맹한 아스가르드의 발키리! 난동의 스트라케, 등장이다! 크아아아앗!"

여성답지 않은, 짐승에 가까운 괴성을 내지른 스트라케의 두 눈에서 날카로운 은색의 빛이 광적으로 흘러나왔다.

스트라케의 검이 설인들의 몸통을 한 번에 가로질렀다. 옆으로 서서히 잘려 내려가던 설인들의 육체는 클라라와 스트라케의 힘이 융합되어 발생한 폭발에 휘말려 완전히 사라졌다.

스트라케는 검에 묻은 핏물을 땅에 뿌려 제거한 뒤 클라라가 있는 방향으로 눈을 돌렸다.

"하하, 오랜만이야!"

그 말이 끝나기 무섭게 클라라가 그녀를 껴안았다.

"전투, 전투!"

"응, 그래. 드디어 만났어. 살아서 말이야."

스트라케의 손길이 클라라의 검은색 머리를 부드럽게 스쳤다.

설인을 날린 폭발에 놀라 바닥에 엎드렸던 경비대와 민병대는 고개를 들자마자 의아해했다.

"뭐지, 저건?"

경비대 대장이 고개를 갸웃했다.

여신들처럼 빛을 내던 두 여성은 어디에도 보이지 않았다. 대신 그들이 있던 자리에는 괴물처럼 커다란 주황색 늑대와 그 늑대의 목을 껴안듯 매달려 있는 장난감 병정만이 있었다.

자신들의 모습이 변한 것을 깨달은 클라라는 얼른 스트라케의 목에 앉았다.

"전투!"

그녀의 말을 알아들은 스트라케는 건물 몇 채를 한 번에 뛰어넘어 리즈의 곁에 착지했다.

리즈는 장발이 된 채 몸을 가누지 못하고 있었다. 리즈의 지배력에서 풀린 민병대들은 리즈와 오크들 사이에서 우왕좌왕했고, 리즈 대신 그들을 통제해야 할 올리버는 리즈에 대한 걱정에 꼼짝달싹 못했다.

그들은 운이 좋았다. 오크들이 설인들의 죽음과 그 과정을 빨리 잊고 반격에 나섰다면 큰 피해를 입었겠지만, 오크들은 정신적 충격에서 쉽사리 헤어 나오지 못하고 있었다.

가장 먼저 정신을 차린 사람은 방금 마법의 준비를 끝낸 도로시였다.

"엎드려요!"

그녀가 허공에 만든 마법진에서 집채만 한 불덩어리가 튀어나와 땅굴 속으로 밀려들어 갔다. 땅굴 깊숙한 곳까지 파고들어 간 그 불의 마법은 도시의 장벽 밑을 지나자마자 도로시의 의지에 반응해 폭발했다.

장벽 앞쪽의 땅이 불룩 솟아오르더니 터지지 않고 다시 푹 꺼졌다. 땅굴 봉쇄의 성공을 알리듯 대량의 흙먼지가 땅굴 밖으로 뿜어졌다.

자신에게 부여된 임무를 마무리한 도로시는 대형 마법이 불러온 현기증을 억지로 버티며 올리버를 불렀다.

"잔당들을 부탁해, 올리버! 도련님은 걱정하지 마!"

올리버는 검을 다시 잡았다. 하지만 검만 새로 잡았을 뿐, 동료들에게 지시를 내리지 못했다. 말을 하고 싶은데 입이 떨어지지 않았다. 리즈가 멀쩡한 상태에서 지휘해 본 일은 있지만 쓰러진 상황은 그에게 있어서 처음이었다.

경비대 대장이 그의 상태를 눈치채고 병력을 빠르게 이동시켰다.

"민병대! 민병대는 우측으로! 우리는 좌측을 맡겠다! 어서 움직여!"

민병대들이 경비대 대장의 지시에 따라 우르르 이동했다. 올리버 역시 동료들과 함께 움직여 오크들을 상대했다. 어떻게든 열심히 하고픈 의지 때문인지 검의 움직임이 아주 좋았다.

퇴로까지 차단당한 오크들은 거의 일방적으로 얻어맞았다. 숫자가 열 명 이하로 줄어들자 아예 무기를 버리고 투항

하기까지 했다.

경비대 대원들과 민병대 몇 명이 그들을 죽이자고 외쳤지만 경비대 대장은 그런 일을 허용하지 않았다. 그는 오크들을 포로로 잡아야 아군 포로를 살릴 수 있다는 말로 병사들을 설득했고 욕설과 항의는 차츰 잦아들었다.

인근 건물 옥상에서 상황을 지켜보던 리오는 풀이 죽어 투구를 벗는 올리버의 모습을 보고 고개를 저었다.

"힘들게 싸우는군요."

"타고난 지휘관은 아닐세. 저번에 봤을 때도 느꼈지만 마음이 여리군."

대답하듯 말한 하이엘바인은 이윽고 지그시 웃었다.

"하지만 경험을 쌓는다면 훌륭한 지휘관이 될 수 있을 것이네."

그 말에 루이체가 조금 불쾌감을 느꼈다.

"하이엘바인님도 재능을 중요하게 여기시나요?"

하이엘바인이 다시 웃었다.

"재능도, 부족함도, 그리고 성공과 실패도 모두 필요하지. 그 모든 요소들이 모여서 훌륭함을 만드는 거란다."

그녀는 루이체의 금발을 쓰다듬었다.

"그런데 왜 자네가 직접 나서지 않았는가? 자네뿐만 아니라 우리들이 모두 투입됐다면 정리가 더 빨랐을 것이네."

"하이엘바인님의 말씀이 옳지 말입니다!"

쑤밍도 동감한다는 듯 고개를 끄덕거렸다.

리오는 시큰둥했다.

"사람들 스스로 해결할 수 있는 일에는 간섭하지 않는 것이 원칙입니다. 주신계의 원칙이기도 하고, 제 원칙이기도 하고 말이죠. 스트라케님은 말리기도 전에 내려가셨지만……."

그는 고개를 돌려 클라라 곁에 있는 스트라케를 봤다.

"오히려 잘됐지요. 스트라케님이 클라라님과 마찬가지로 오딘님의 눈에 반응해서 본래 모습을 되찾으실 수 있다는 것을 확인했으니 말입니다. 더불어 의사소통에도 문제가 없고 말이죠."

"음, 정말 다행일세. 저 아이의 씩씩한 모습이 얼마나 그리웠는지 모를 걸세."

하이엘바인이 기뻐했다.

그러나 루이체와 쑤밍의 느낌은 달랐다.

'씩씩하기보다는 좀 무서운데…….'

리오가 헛기침으로 분위기를 집중시켰다.

"그럼 먼저 저택으로 가십시오. 저는 땅굴을 조사해 보겠습니다. 쑤밍은 날 따라와."

"예, 스승님!"

둘이 현장에서 사라진 직후 루이체가 근심스런 표정으로

도시를 둘러봤다.

"괜찮을까요? 보기보다 상황이 나쁠 것 같아요."

"클라라와 스트라케가 나와 함께 있으니 문제없다. 걱정하지 않아도 된단다."

하이엘바인이 자신있게 웃었다.

'그게 가장 걱정이에요.'

루이체의 솔직한 마음이었다.

*　　　　*　　　　*

조사를 위해 일행으로부터 벗어난 리오는 며칠 전에 폐기된 땅굴을 찾아 그 안으로 들어갔다.

땅굴이 폐기될 때 함께 죽은 오크들의 시체에서 고약한 냄새가 풍겼다.

땅굴 속은 뭔가 썩기에 딱 좋은 습기와 온도를 유지하고 있었다. 그로 인해 시체들이 풍기는 냄새는 기분만이 아니라 인체에 직접 해가 될 정도로 독했다.

그런 냄새와 생화학적 상황에 적응이 될 대로 된 리오는 유적을 발굴하러 온 학자처럼 흥미로운 표정을 지은 채 이곳저곳을 살폈다.

마법에 그슬린 땅굴 벽을 손으로 만지고 눈으로 살핀 그는 쑤밍을 손짓으로 불렀다.

"이 땅굴이 어떻게 뚫렸는지 알 것 같아?"

"으, 으음……."

쑤밍이 고개를 절레절레 저었다. 그녀는 동굴에 들어온 순간부터 숨을 참고 있었다.

"아직도 이 냄새에 적응을 못하면 앞으로 어쩌려고 그래?"

그는 자신의 망토를 벗어서 제자에게 걸쳐 주었다.

"이걸 이렇게 해서… 그래, 좋아. 이젠 제법 잘 어울리네."

리오는 자신도 모르게 웃었다. 오딘이 자신에게 이 망토를 처음 걸쳐 줄 때가 떠올랐기 때문이다.

쑤밍은 망토의 촉감이 낯설지 않았다. 어렸을 때 리오가 자주 덮어줬을 뿐만 아니라 쑤밍 자신이 리오 몰래 몸에 두르고 돌아다닌 적도 있었다.

하지만 지금처럼 뿌듯하게 웃는 리오의 모습은 본 적이 없었다.

그는 쑤밍의 입과 코를 망토의 위쪽으로 둘둘 감쌌다.

"자, 이제 좀 편할 거야. 숨 쉬어봐."

쑤밍은 스승을 믿고 숨을 들이마셨다. 리오의 체취 말고는 아무것도 느껴지지 않자 그녀의 표정이 환해졌다.

"신기하지 말입니다!"

"그래, 알았으니 아까 내가 했던 질문에 대답해 봐. 어떻게 뚫린 것 같아?"

쑤밍은 스승이 제시한 과제를 풀기 위해 그가 했던 것처럼 땅굴 벽을 손으로 만지고 눈으로 살폈다.

"어떻게 뚫렸냐고 물으신다면……."

"음."

"크게 뚫렸지 말입니다!"

물론 무리수라는 것을 알고 내뱉은 답이었다. 리오와 마주 보는 쑤밍의 얼굴은 흙빛에 가까웠다.

"그냥 모른다고 해. 대답을 막 던지는 게 더 안 좋아."

"소, 송구합니다."

리오는 땅굴 벽에 다시 손을 댔다.

"잘 봐. 표면이 깨끗하지? 이건 일반적인 도구로는 불가능해. 이 세계에 사는 오크들에겐 불가능한 얘기야."

"그럼 어떻게 뚫린 겁니까?"

리오는 손으로 벽을 훑었다.

"보다시피 벽은 울퉁불퉁해. 불규칙적이지만 곡선이 아주 부드럽지. 여기까지 힌트를 줬으니 어서 맞춰봐."

"우웅……."

제자의 끙끙거림에 리오는 인상을 구겼다.

"수업이라 생각하고 진지하게 해."

그는 팔짱을 끼고 시간을 보냈다.

쑤밍의 대답은 5분 정도 지난 후에야 나왔다.

"생물인 것 같지 말입니다!"

"어떤 생물이지?"

"으, 으음……!"

리오는 고민하는 제자를 놔두고 땅굴 밖 하늘을 봤다. 어느새 노을로 붉게 물들어 있었다.

시간도 꽤 지났을뿐더러 전혀 모르는 것을 떠올리느라 고생하는 제자가 안쓰러웠던 리오는 검지 끝으로 쑤밍의 이마를 딱 쳤다.

"이건 벌레의 짓이야. 대충 웜(Worm) 계열로 분류하는데, 아주 큰 지렁이라고 생각하면 돼."

"예?"

쑤밍은 아까 맞은 이마를 손으로 누른 채 스승을 응시했다.

"하지만 웜치고는 구멍이 너무 크지 말입니다."

그녀도 웜에 대해서 어렴풋이 알고 있긴 했다.

"그만큼 큰 녀석이라는 소리야."

그가 벽을 가리켰다.

"구멍의 지름, 저기 보이는 굴곡의 정점과 여기 보이는 정점의 위치, 그리고 땅이 흡입된 흔적을 따지면 웜의 힘과 크기, 암수 여부, 그리고 나이를 알 수 있어."

"오오!"

쑤밍은 자신의 개인 교신기를 꺼내 방금 리오가 말한 내용을 바삐 적고 벌레가 만든 흔적을 촬영했다.

"전부 따졌을 때 매우 젊고 힘이 대단한 수컷이야. 오크와 트롤들이 무슨 수로 이 녀석을 제어하는지 모르겠군."

"예? 스승님께서 모르신다면……."

"뻔한 거잖아? 내가 할 일이지."

쓴웃음을 지은 그는 구멍을 다시 둘러봤다.

"마법으로 이곳을 구워 버리지만 않았으면 정확히 어떤 녀석인지 더 자세히 알 수 있었을 텐데, 아쉽군. 그럼 아까 말했던 저택으로 가자. 오늘 하루라도 편하게 쉬자고."

"예, 스승님!"

리오와 함께 땅굴을 벗어난 쑤밍은 스승을 따라 거리를 달렸다.

몇 분 정도 달려 스타인 가문 저택에 도착한 리오는 쑤밍에게 저택을 가리켰다.

"어때? 의외로 크지?"

"예. 그보다 이거……."

"아, 망토? 저택 안에서 줘도 되는데, 후후."

리오는 고개를 갸웃하며 망토를 돌려받았다.

그의 망토를 조금이라도 더 오래 입어보고 싶은 것이 쑤밍의 솔직한 심정이었다. 하지만 그녀는 망토를 걸치지 않은 리오를 별로 보고 싶지 않았다.

회색 망토 위에서 흔들리는 붉은 장발의 모습은 그녀의 삶을 바꿔놓은 소중한 순간의 시작점이었다.

"아, 둘만 있으니까 하는 얘긴데……."

"아, 예!"

스승의 말을 앞두고 쑤밍이 바짝 긴장했다.

"이제 내가 너에게 가르쳐 줄 건 없어."

쑤밍의 얼굴에서 표정이 사라졌다.

그녀는 머릿속이 하얗게 되어 움직일 수 없었다. 욕이라도 하고 싶었으나 그러지 못했다. 그녀는 그렇게 모진 성격이 아니었다.

"예?"

그것이 그녀가 내놓을 수 있는 유일한 반응이었다.

그런 모습을 예견한 듯, 리오는 손을 뻗어 제자의 머리를 쓰다듬었다.

"진정해. 난 너를 위해서 한 이야기야."

"아닙니다! 전 아까 내신 문제도 풀지 못했습니다!"

"못 풀 것을 알고 낸 질문인데?"

그는 쑤밍에게 돌려받은 망토를 주섬주섬 걸쳤다.

"흔적으로 뭔지 아닌지 구별하는 것은 쉬워. 하지만 나처럼 '일'을 하는 사람들에게 필요한 것은 그런 단순한 정보

가 아니야. 수컷인지, 암컷인지, 나이는 어떻게 되는지, 힘은
또 얼마나 강한지 등등의 구체적인 정보를 얻어야 해. 하나라
도 빗나가면 누군가가 희생당할 수도 있거든. 만에 하나라도
말이야."

설명한 뒤 한마디 쉰 리오는 눈웃음을 지었다.

"앞으로도 계속 서룡족 제왕의 심복으로서 일하고 싶다면
너는 너만의 경험을 쌓아야 해. 그리고 그것이 너희들의 제왕
을 지키기 위한 최고의 방법이야."

"……"

"울상 짓지 마. 넌 지하드를 제외하고 내가 사용할 수 있는
모든 것을 훌륭히 익혔어. 내 제자들 가운데 최고야."

"예? 제자들이라고 하셨습니까?"

자신이 유일한 제자라고 생각했던 쑤밍은 다시금 충격을
받았다. 그러나 다음에 이어진 스승의 말은 그녀의 혼탁해진
정신을 바로잡아 주었다.

"전부 고아들이지."

"……"

"제자들 가운데 다른 이를 지킬 수 있는 아이는 너까지 해
서 단 두 명뿐이었어. 나머지는 그만한 재능도, 몸도 가지지
못했지. 대부분 전쟁고아라서 몸의 일부를 잃은 아이가 많았
거든."

쑤밍은 그가 왜 그런 아이들에게 검을 가르쳤는지 알고 있었다.

누군가가 자신에게 무엇인가를 정성껏 가르쳐 주었다는 사실. 자신이 그의 가르침을 확실히 이행한다는 사실. 그리고 추억이 가슴에 있다는 사실. 그 모든 것들이 유대감으로 변하여 외로움을 달래주고 자신감을 심어주었다.

"이제 넌 경험을 쌓아서 자신을 완성시킬 때가 온 거야. 알았지?"

"예, 스승님."

쑤밍이 빠르게 대답했다. 다른 대화를 서둘러 하고 싶다는 뜻이기에 리오는 약간 실망했다.

"저 말고 다른 한 명은 누굽니까? 궁금하지 말입니다!"

"너도 참 막무가내구나."

리오는 다음 기회에 다시 얘기하기로 하고 제자의 질문에 대답했다.

"최근에 만난 녀석인데, 1년 정도 같이 다녔지. 피부색은 나와 비슷했고 백발에다가 완벽한 양손잡이였어. 그 세계와 관련된 임무가 도중에 취소되는 바람에 녀석이 갖고 있는 나의 기억을 조금 지웠는데, 얼마 뒤에 다시 가보니 나랑 똑같은 차림에 머리까지 비슷하게 하고 다니더군. 별명까지 비슷했지. 기억을 더 확실히 지울 걸 그랬나 봐."

"으......!"

쑤밍의 표정이 이상해졌다. 리오는 속이 뻔히 보이는 제자의 표정을 보고 허탈하여 웃을 수밖에 없었다.

"왜, 내가 다른 사람 가르친 게 싫어?"

"꼭 그런 건 아니지 말입니다."

쑤밍은 머쓱한 얼굴로 뒷머리를 긁적였다.

"흠, 아무튼 들어가자."

담장을 따라 걸어서 정문에 도착한 리오는 민병대 병사 두 명과 함께 있는 올리버를 발견했다.

올리버는 어깨를 주저앉힌 채 하염없이 앞만 바라보고 있었다.

'아까 그 일 때문이겠지. 은근이 섬세한 친구로군.'

리오가 계속 다가오자 병사들이 그를 의식했다.

"무슨 일이시오? 용건이 있다면 신분을 밝히시오."

"저 친구랑 아는 사이라오."

리오가 올리버를 가리키자 병사들이 의아해했다.

"어이, 젊은 기사. 당신을 찾는 사람이오."

리즈에 대한 걱정 때문에 정신을 놓고 있던 올리버는 오랫동안 같은 자세로 앉아 있느라 뻐근해진 목을 만지며 리오 쪽을 봤다.

석양빛을 잔뜩 받으며 서 있는 그의 모습을 본 순간 올리버는 용수철처럼 벌떡 일어났다.

"당신도… 계셨었습니까?"

"그래. 아까 시장에서 지켜봤지. 잘 싸우더군."

올리버의 눈 밑이 뜨거워졌다. 제대로 쳐다보기도 힘들 만큼 어려웠던 사람이 그렇게 따뜻하게 웃으며 말해주니 이상할 정도로 마음이 무너져 내렸다.

"무슨 일로 오셨습니까?"

"언젠가 다시 온다고 했잖아."

"그럼 왜 도련님께서 무리하시는 모습을 보고만 계셨습니까?"

잔뜩 격앙된 목소리가 올리버의 목에서 터졌다.

둘의 사연을 전혀 모르는 민병대 병사들은 담배를 물거나 억지로 다른 곳에 시선을 돌렸다.

"좀 걸을까?"

그의 제안에 잠시 망설이던 올리버는 그를 저택으로 안내했다.

리오와 쑤밍은 올리버를 따라 저택 본관까지 이어지는 마차길을 걸었다. 사람들이 많이 오가서 그런지 그전까지는 흉흉했던 저택에서 조금이나마 생기가 느껴졌다.

"네 말대로 리즈가 무리하는 걸 보고만 있었지."

리오가 먼저 말을 꺼냈다.

"왜냐고? 누군가가 제대로 움직였다면 다른 사람이 개입하지 않아도 무사히 끝날 상황이었거든. 합세해 줄 경비대도 가까이 있었고 말이야."

그의 지적에 올리버의 몸이 부르르 떨렸다.

스승의 말이 가끔 칼날보다 더 날카롭다는 사실을 자주 느꼈던 쑤밍은 올리버가 왜 그렇게 불편해하는지 이해할 수 있었다.

"힘들었나?"

리오가 짧게 물었다. 그 한마디에 올리버는 우뚝 멈췄다.

올해 스무 살이 된 그 젊은, 아니, 어린 기사는 그동안 쌓인 서러움을 억누르기 위해 주먹을 꽉 쥐었다.

"장난이 아니지?"

리오가 씩 웃었다.

"하, 하하……."

올리버가 허탈하게 웃었다.

"당신께 왜 이런 꼴을 보이는지 모르겠습니다."

"왜긴, 내가 도와줄 것 같으니까 그렇겠지."

정곡을 찔린 올리버는 웃음을 거뒀다.

"척 보니까 싸움터에서의 입장이 부관이나 돌격대장 정도 되는 것 같더군. 제대로 놀아보니 어때? 즐겁진 않지?"

"그건 제가 부족해서……."

하고 싶었던 말을 드디어 꺼낸 올리버는 얼굴을 들 수 없었다.

"부족한 건 네가 아니라 리즈야."

"예?"

다른 말을 들을 줄 알았던 올리버는 어째서 그런 말이 나왔는지 궁금했다.

리오는 뭐가 이상하냐는 듯 웃었다.

"혼자 어떻게든 해보려고 발악하잖아? 그러다가 그 발악마저 끝나면 어떻게 될 것 같아? 오늘처럼 병사들에게 걸린 마법이 풀리고 모든 일은 부관인 네가 떠맡아야겠지. 그건 그어떤 부관도 대신해 줄 수 없는 돌발상황이라고."

"하지만……."

"지휘에 대해 배운 적 있나?"

없었다.

올리버는 입술을 깨물었다.

"자신이 하늘에서 뚝 떨어진 천재 지휘관이 아닌 것 같으면 당장 할 수 있는 일에나 신경 쓰도록 해. 그게 네 자신과 네 동료들, 그리고 리즈를 돕는 가장 좋은 방법이야."

그의 이야기에 올리버의 기분이 점차 가라앉았다.

"저어, 직접 도와주실 수는 없습니까?"

"내가 해줄 수 있는 일에는 한계가 있어. 그리고 나는 병사들을 지휘하며 싸우는 재주가 없다고."

쑤밍은 자신의 스승이 거짓말을 한다고 내심 소리쳤다.

그에게 그런 도움이 아니라 가르침을 원했던 올리버는 더 이상 말을 꺼낼 수가 없었다. 그는 리오가 아까 느꼈던 것 이상으로 섬세하고 속이 여린 청년이었다.

"아무튼 땅굴까지는 막아줄 생각이야."

"땅굴을요?"

"오크들이 좀 희한한 방법을 쓰더군. 들어가서 얘기하지."

"알겠습니다."

리오가 올리버, 쑤밍과 함께 저택 현관문을 지나 거실로 들어오자 리즈에 대한 걱정에 여념이 없던 마리아와 루파가 벌떡 일어났다.

"아, 당신!"

마리아가 검지로 그를 지적했다. 리오는 손을 가볍게 흔들었다.

"여어, 잘 있었나? 옷이 여전히 안 어울리는군."

마리아가 발끈했다.

"하녀 아가씨도 건강하네?"

"하하! 오실 줄 알았습니다요! 역시 죽으라는 법은 없네요, 선생님!"

건강한 미소를 지은 루파는 두 팔을 벌려 그를 환영했다.

"차랑 케이크를 드릴까요?"

"난 차로 괜찮아."

그는 이 저택의 케이크 맛이 형편없다는 것을 확실히 기억하고 있었다.

"그쪽 아가씨는 어떠십니까요?"

"아, 저는……."

"얘도 차로 충분해."

배가 살짝 고픈 차였던 쑤밍은 리오가 케이크를 강제로 막아버리자 깜짝 놀랐다.

그녀는 자신의 팔뚝 아래와 옆구리 살을 살며시 잡아봤다.

[살이 찌진 않았지 말입니다!]

제자가 정신감응으로 항의하자 리오는 한숨을 쉬었다.

[그거랑 상관없어. 저 흡혈귀가 앉은 탁자, 보이지?]

[예.]

케이크는 루파가 앉은 자리에만 외롭게 놓여 있었다.

[괜히 저런 게 아니야. 함께 온 저 친구도 케이크는 안 시키잖아.]

[그, 그렇습니까?]

실제로 올리버도 가만히 있었다.

[좋게 말하면 진흙 같고, 나쁘게 말하자면 뭐 같지. 그 케이크는 하이엘바인님만 맛있게 드셨어.]

쑤밍은 하이엘바인이 천연덕스럽게 웃으며 그 '뭐 같은' 맛의 케이크를 대량으로 먹어치우는 모습을 떠올렸다. 고기도 항상 그렇게 먹었기 때문이다.

루파가 차를 준비하기 위해 부엌으로 달려가는 한편 마리아는 리오의 옆자리에 다소곳이 앉는 쑤밍을 유심히 지켜봤다.

'눈동자 색이 붉은색이네? 나보다 색이 좀 진한데…… 순종이 아니라 혼혈종인가? 송곳니가 있는지 확인하고 싶어.'

오랫동안 흡혈귀 동포를 만나지 못한 마리아는 가슴을 졸였다.

마침 올리버가 우물쭈물하다가 입을 열었다.

"저어, 선생님이라 해도 되겠습니까?"

"나?"

"예. 저희 누님을 포함해서 모든 사람들이 리오님을 선생님이라 부르니……."

"뭐, 어려울 것 없지. 좋을 대로 해."

"감사합니다."

올리버의 멋쩍은 미소를 본 쑤밍은 눈을 부릅떴다.

'선생님?'

그녀와 문득 시선을 마주친 올리버는 가볍지 않은 적의를 느끼고 당황했다.

"저어, 선생님과 함께 오신 분은 어떤 사이십니까?"

"아, 내 제자야. 자기 앞가림을 충실히 하는 아이지."

"부럽군요."

올리버가 자리에서 일어났다.

"올리버 크라이머라고 합니다. 뵙게 돼서 영광입니다."

"쑤밍입니다."

쑤밍은 그 이상 말하지 않았다. 리오는 아까 자신이 한 말 때문에 그녀가 기분이 상했을 것이라 짐작했다.

루파가 주전자와 찻잔이 놓인 쟁반을 들고 뛰어나왔다. 늑대인간이라 그런지 들썩들썩 뛰는데도 쟁반 위의 물건들은 미동도 하지 않았다.

"오래 기다렸습니다요!"

찻잔을 테이블에 쫙 내려놓은 그녀가 주전자를 높이 들고 찻물을 따랐다.

리오는 루파가 다소 경박하면서도 멋들어지게 채운 찻물을 한 모금 마셨다. 그나마 차는 괜찮았다.

"하이엘바인님과 다른 사람들은?"

"도련님을 돌보고 계십죠. 그… 저와 똑같은 성씨를 쓰시는 아가씨께서 힘을 써보시겠다고 하셨습니다."

"똑같은 성씨?"

리오와 쑤밍은 그런 사람이 일행에 있었나 하며 고개를 갸웃거렸다.

"네 이름이 루파였지?"

"정확히는 '파' 입니다요. 루가 성이지요."

그 말을 듣자마자 리오가 피식 웃었다.

"루이체는 '루' 씨가 아니야."

"어, 그렇습니까요? 상처받았습니다요!"

루파는 진심으로 충격을 받은 듯 양손으로 머리를 감쌌다.

"함께 온 늑대가 한 마리 있을 텐데?"

"아, 클라라님의 친구님 말씀이십니까요?"

"맞아."

"뒤뜰에 계십니다요. 전 정말 깜짝 놀랐습니다요."

루파는 루이체에 관한 일을 싹 잊고 밝게 웃었다.

"왜?"

"저는 네발 달린 짐승과 어느 정도 의사소통이 가능합니다
요. 의사소통이라고 해봤자 좋은지 나쁜지를 기본으로 하기
때문이 어렵진 않습죠."

그 의사소통 방식에 대해 알고 있는 리오는 고개를 끄덕거
렸다.

"하지만 그 늑대님께 제 방식대로 의사소통을 시도했다가
큰일을 당했습니다요. 그 큰 앞발로 머리를 제대로 맞았습
죠."

"흥, 정말 우스운 꼴이었지."

갑작스런 목소리에 모든 이들이 올리버의 옆자리를 봤다. 저쪽 자리에 혼자 앉아 있던 마리아가 찻잔까지 옮겨놓은 채 도도하게 다리를 꼬고 있었다.

[새침한 아이 같지 말입니다.]

[친구로 삼아봐, 그럼. 신선한 경험이 될 거야.]

[루이체도 버겁지 말입니다.]

리오는 루이체가 그 정도로 사나운 아이였는지 잠시 회상해 봤다.

갑자기 어색해진 분위기로 인해 대화가 실종됐다. 마리아의 얼굴도 붉어졌다. 누가 나서서 뭐라고 할 수 있는 상황도 아니었기에 그 침묵은 하이엘바인과 리즈 일행이 방에서 나온 뒤에야 겨우 깨졌다.

장발인 채 거실로 내려온 리즈는 리오에게 정중히 인사했다.

"이번에도 도와주셔서 감사합니다, 리오님."

몸 상태는 남자였다. 루이체의 능력을 통해 체력을 거의 회복한 덕분이었다.

리오는 손으로 뒤뜰을 가리켰다.

"밖에 계신 스트라케님께 감사하도록 해. 그보다 몸은 괜찮나?"

"루이체님 덕분에 많이 나아졌습니다."

그가 잠시 말을 끊었다가 다시 입을 열었다.

"눈을 회수하러 오신 겁니까?"

"저번에도 말했지만 그 부분은 내 권한 밖이야. 원래는 라그나로크 기록에 대해 조사해 보려고 왔는데 주변 상황을 보니 당장 할 수 있는 상황은 아닌 것 같군. 큰일은 아니었으면 좋겠지만……."

하이엘바인은 말끝을 흐리는 리오의 모습에서 엘프와 드워프들의 죽음을 떠올렸다. 이 도시까지 날아가지 않았으면 하는 것이 그녀를 비롯한 모든 이들의 심정이었다.

"일단 내가 도와줄 수 있는 부분은 확실히 도와주도록 하지."

"감사합니다."

리즈가 진심으로 안도하여 고개를 숙였다.

"이곳에 오기 전에 땅굴에 대해서 알아봤는데, 너희 쪽에서 땅굴에 대해 알아낸 점이라도 있나?"

"저희는 땅굴을 틀어막는 것도 벅찼습니다. 조사할 겨를이 없었지요. 혹시 뭔가 알아내셨습니까?"

"물론이지."

설인이 나올 정도로 큰 땅굴이 어떻게 그렇게 단기간에 만들어지는지 짐작조차 못하고 있었던 리즈는 다시금 그에게 감탄했다.

"밤이 되기 전에 얘기를 끝내야겠군. 스트라케님과 클라라님을 모셔야 할 것 같은데?"

"제가 모시겠습니다요!"

루파가 뒤뜰로 후다닥 달려갔다.

"그럼 올리버는 도시와 지역의 지도를 좀 가져와 줘. 지역 지도는 등고선까지 기입된 거라면 더욱 좋겠군."

"예, 선생님!"

리즈의 동료 모두가 서재로 뛰어가는 올리버를 보고 깜짝 놀랐다. 리오라는 이름만 나와도 대놓고 불편해하던 그가 '선생님'이라는 호칭까지 써가며 적극적으로 움직이니 놀라는 것도 당연했다.

조금 뒤 요청한 지도들을 받은 리오는 가장 넓은 탁자에 그것들을 깔았다.

"등고선 볼 줄 모르는 사람, 혹시 있나?"

모르는 사람의 수가 많았다. 더불어 하이엘바인을 비롯한 발키리들은 자신있게 손과 앞발을 들었다.

"우리가 아는 지도와는 달라서 말일세."

하이엘바인의 해명을 들은 리오는 이해하고 넘어가기로 했다.

"그럼 간단하게 설명하지요. 존칭은 잠시 생략하겠습니다."

"그러게."

"이 도시는 암반 위가 아니라 산과 산 사이에 쌓인 바위와 토사 위에 자리를 잡고 있어. 그 말은 곧 도시 주변의 평야와 지하 모두 땅굴이 만들어지기 쉬운 구조라는 거야."

우선 하이엘바인이 가장 먼저 손을 들었다.

"그렇다면 도시 한가운데에 있는 성 바로 앞에 땅굴을 뚫어서 급습하면 될 텐데, 왜 도시 바깥쪽과 인접한 부분만 뚫는 건가?"

"제가 전략 전술에 대해서 잘 모르기 때문에 드릴 말씀은 없습니다만, 느낌상 아무래도 땅굴을 뚫는 장본인들을 연습시키려는 것 같습니다."

그는 도시 지도를 이어서 가리켰다.

"누가 여태까지 뚫린 땅굴의 위치와 날짜를 기입해 주겠나? 정확히 표시할 필요까진 없어."

"그럼 제가 하겠습니다요."

루파가 목탄을 들고 도시 지도에 동그라미들을 그렸다.

자신의 기억과 루파의 표시가 대부분 일치하자 리즈가 다시금 놀랐다.

"정말 다 기억하네? 대단해, 루파!"

리즈의 칭찬에 루파가 키득거렸다.

"영역 표시 덕을 봤습니다요."

"영역 표시?"

모두가 설마 하는 표정으로 루파의 갈색 얼굴을 주목했다.

"아, 제가 영역 표시를 하고 다녔다는 건 아닙니다요. 개와 고양이 모두 각자 냄새가 다르지 않습니까요? 저는 거리에서 사는 개와 고양이들의 냄새는 거의 다 외웁죠."

"아, 아아……."

몇몇이 한숨을 쏟아냈다. 그들 모두 한마음으로 안도하고 있었다.

"아무튼 끝났습니다요."

"좋아."

리오는 우선 공작이 있는 성의 위치를 지적했다.

"이곳이 성이고 이쪽이 독립군 주둔지가 있는 방향이야."

그는 목탄으로 두 지점을 가볍게 그었다.

"처음 뚫린 땅굴은 이 선에서 크게 벗어났지만 날짜가 지날수록 가까워지고 있어. 녀석들이 최단거리를 맞춰가고 있다는 증거야."

"그렇다면 땅굴은 어떻게 만들어지고 있는 겁니까?"

"벌레지."

리즈의 질문에 리오가 대답했다.

"벌레라고요?"

"그래. 곤충은 아니고, 웜이라는 거대 생명체야. 사람들이 사는 곳에는 잘 나타나지 않는 녀석이라 도시에서만 살아온 사람들은 볼일이 없었을 거야. 인간의 작은 체구로는 그 덩치들의 식욕을 채울 수 없거든."

왠지 섬뜩한 그의 설명은 웜에 대해 모르고 있던 리즈 일행을 침묵시켰다.

"하지만 오빠, 웜들이 오크나 트롤들을 도와서 움직일 리가 없잖아?"

루이체는 리오만큼이나 웜들에 대해 잘 알고 있었다.

"그래, 정상적으로는 불가능하지. 그래서 내가 알아보려는 거야. 난 그런 일을 떠맡는 사람이잖아."

농담하듯 동생의 질문에 대답한 리오는 지역 지도 쪽에 다시 손을 얹었다.

"적 주둔지나 그 근방 어딘가에 웜이 있을 거야. 웜들은 땅이 차가워지면 잘 움직이지 못하니 오늘 밤에 웜들의 위치를 찾아내거나 최소한 녀석들이 왜 오크들의 명령을 따르는지 밝혀내야 해."

"밖에 있는 적들을 전부 쓸어버리는 것도 하나의 방법이지 않나?"

하이엘바인이 의견을 제시하자 스트라케와 클라라가 각자 시끄럽게 소리내어 동의를 나타냈다.

"정면충돌하면 일이 더 커질 수도 있습니다. 오크와 트롤들에게 전쟁을 일으키게끔 만든 존재가 혹시라도 있다면, 그리고 그들이 우리의 적이라면 다급해진 나머지 이 도시에 무차별 보복을 할 수도 있습니다. 최악의 경우 또 우리만 남게 되겠지요."

벌써 두 차례나 그것을 경험한 하이엘바인은 더 이상 뭐라고 할 수 없었다.

"최대한 조심스럽게 행동해야 합니다. 만약의 경우도 대비해야 하는 만큼 웜은 하이엘바인님과 저, 그리고 쑤밍이 찾는 것으로 하겠습니다. 스트라케님과 클라라님은 다른 사람들과 함께 돌발 상황에 대비해 주십시오."

"전투!"

장난감 병정 모습의 클라라가 알겠다는 듯 두 팔을 흔들었다. 스트라케는 고개를 돌린 채 아무 반응도 보이지 않았다.

리오는 하늘을 살폈다. 아직 노을이 남아 있었다.

"두 시간 뒤에 이동하겠습니다. 준비해 주십시오, 하이엘바인님."

"알겠네."

"그리고 루이체는 나 좀 잠깐 볼까?"

"응, 알았어."

리오가 동생과 함께 저택을 나가는 모습을 가만히 지켜본 하이엘바인은 옆에 우두커니 앉아 있는 스트라케의 등을 손으로 쓸었다.

"너무 그를 거부하지 마라, 스트라케. 남을 돕는 방법이 우리와 다를 뿐이니까."

"전투, 전투."

클라라도 눈빛을 깜박이며 하이엘바인과 같은 뜻을 비쳤다.

스트라케는 묵묵히 바닥에 엎드렸다.

루이체와 함께 뒤뜰로 나온 리오는 주변에 누군가가 있는지 확인한 뒤 그녀에게 물었다.

"리즈의 상태는 어때?"

"장기 손상은 없어. 신경 계통도 이상없고. 다만 많이 좀 먹어야겠더라고."

"오딘님의 눈을 계속 사용하는 것에 지장이 없다는 거야?"

"응."

루이체가 끄덕거렸다.

"눈 자체에서 힘을 생산하는 구조가 아니야. 리즈님의 체력을 소모하여 힘을 발생시키는 구조라서 리즈님이 먹는 것만 잘 챙겨먹으면 몸이 어떻게 될 문제는 없어."

"아까도 통증 때문에 정신을 못 차리던데?"

"응, 그게 오히려 좋은 거야. 통증이라는 것 자체가 생체적인 경고잖아? 그 한도를 벗어나면 의식이 끊어지고 말이야.

그것 때문에 여태까지 살아 있는 거야. 그런 통증조차 없었다면 리즈님의 심신은 일찌감치 망가졌을걸."

"그렇구나."

리오는 팔짱을 끼고 잠시 생각했다.

[너, 오딘님의 눈을 리즈로부터 분리할 수 있겠어?]

[응?]

그가 정신감응으로 그런 질문을 던지자 루이체는 상당히 놀랐다.

[무슨 말이야, 오빠? 오딘님의 눈은 우리 권한 밖의 일이라고 오빠가 그랬잖아?]

동생이 정색을 하자 리오도 당황했다.

[오해하지 마. 쉬운 일인지 어려운 일인지 알아보고 싶어서 그런 것뿐이니까.]

[왜?]

[예전에 리즈와 만났을 때의 일이 마음에 좀 걸리거든. 당시 어떤 렘런트가 리즈를 직접 노리고 있었지. 렘런트는 리즈의 힘이 어떤 것인지 모르고 그냥 다짜고짜 흡수하려고만 했는데, 그때와 달리 녀석들이 계획적으로 오딘님의 눈을 노린다면 좀 위험할 것 같아서 말이야.]

[아, 깜짝 놀랐네.]

리오가 '다른 임무'를 받은 줄 알았던 루이체는 가슴을 쓸어내렸다.

[하이엘바인님 이외의 존재가 손상없이 눈을 분리하는 것은 불가능해. 혹시라도 억지로 뽑아낸다 하더라도 정보를 얻어낼 수 있는 것도 아니야. 오딘님의 눈은 그런 놈들이 해석할 수 있을 만큼 만만한 물건이 아니거든.]

[그렇다면 다행이군.]

리오의 그런 말을 들어서인지 루이체의 마음에도 걱정이 생겼다.

[정말 노리고 올까?]

[헤라클레스의 각성은 아마 그 쌍둥이들 때문에 렘런트 사이에 퍼졌을 거야. 렘런트들은 자아를 되찾을 수 있는 최대의 기회라 생각하고 이 세계에 있는 고대 유적이란 유적은 전부 뒤지겠지. 라그나로크 기록도 예외는 아닐 거야.]

[큰일이네.]

루이체가 볼을 부풀렸다.

[가장 의심되는 것이 뭐야. 녀석들 역시 렘런트와 관련되었을 수도 있어. 현재까지는 이 도시에서 가장 비정상적인 부분이니까 말이야. 좀 쉬려고 왔더니 바로 이 꼴이군.]

그의 한탄에 루이체는 보조개가 귀여운 미소를 지었다.

[괜찮아. 아무 일도 없는 게 더 이상할 거 같으니까.]

[후후.]

밋밋하게 웃은 리오는 루이체와 함께 저택 안으로 들어갔
다.

*   *   *

하이엘바인과 쑤밍을 데리고 도시 밖으로 나간 리오는 독
립군의 본진 상공에 뜬 채 지상을 관찰했다.

우선은 셋이 구역을 나눠서 막사들을 살폈다. 그러나 오크
와 트롤의 지저분한 막사와 목책 안에 갇혀 괴로워하는 포로
들의 모습만 보일 뿐, 단서라고 할 만한 것은 없었다. 청각을
확장하여 오크들과 트롤들의 대화까지 엿들었지만 그마저도
소득이 없었다.

[내가 지상을 투시해 보면 어떨 것 같나?]

[좋은 방법이군요.]

제안을 승인받은 하이엘바인은 지상을 투시했다. 그녀의
눈동자가 희미한 황금색을 띠면서 뱀들이 지나는 작은 토굴
부터 개미집까지 그녀의 눈에 속속들이 들어왔다.

투시의 깊이가 깊어지자 거대한 굴이 결국 나타났다.

[찾았네!]

정신감응을 공유하던 리오와 쑤밍이 그녀가 있는 곳으로
모였다.

[꽤 깊고 긴 땅굴일세. 흔적이 자네의 말과 일치하는 것으로 봐서 웜이 만든 땅굴이 분명한 것 같네.]

[어디로 이어집니까?]

하이엘바인은 투시로 드러난 동굴을 따라 시선을 움직였다. 동굴은 독립군의 본진 밑을 지나 그 뒤에 자리 잡고 있는 산을 향해 뻗어 있었다.

[이상하군. 오크들 밑을 통과하긴 하지만 본진과 땅굴의 연결점은 보이지 않네. 이들은 대체 어떻게 땅굴로 들어갔단 말인가?]

수수께끼에 빠질 뻔한 리오는 손바닥 밑으로 자신의 이마를 툭 쳤다.

[연결점만 안 보이는 게 아닙니다.]

하이엘바인과 쑤밍이 그를 봤다.

[설인도 없군요.]

[아!]

[산으로 이어졌다는 말씀을 생각해 보면 저쪽에 땅굴 기습을 담당한 별동 부대가 있는 것 같습니다. 아니면 그쪽이 본진이고 이쪽은 전방 부대일 수도 있지요.]

[그렇다면 땅굴을 따라 이동해야겠군.]

[안내해 주십시오.]

하이엘바인이 앞장서고 그 뒤를 리오와 쑤밍이 따라갔다.

산 위로 고도를 높인 일행은 산세가 조금 깊은 곳 여기저기에 설인들과 오크들이 숨어 있는 것을 발견했다.

설인들 옆에 불을 피운 오크와 트롤은 6인 1조였다. 네 명은 열심히 온갖 약초를 짓이기고 다른 한 명은 약초의 즙을 그릇으로 옮겼으며, 마지막 한 명은 그릇에 담긴 즙을 설인의 입에 넣었다.

설인은 초점이 풀린 눈으로 하늘을 바라보고 있었다. 자신의 가슴 위에 오크가 올라타는데도 그 거대한 유인원은 미동조차 하지 않았다.

[저들이 대체 무엇을 먹이는 건가? 설인들의 상태도 이상하네.]

[냄새를 봐서 진통 작용이 강한 환각제인 듯합니다. 아까 도시에 나타난 설인이 클라라님의 창에 머리가 부서졌는데도 잠시 동안 움직인 것으로 봐서 아마 맞을 겁니다.]

하이엘바인은 그들을 그냥 지나치기가 힘들었다.

[저들을 구제할 방법은 없는가?]

[설인 말씀이십니까?]

확인 요청이었지만 부정적인 대답이기도 했다.

하이엘바인이 아무 말도 없자 리오는 고개를 저었다.

[그들의 영혼을 고향으로 인도해 주는 것이 가장 좋은 방법입니다.]

그리 춥지 않은 이 지역의 기후는 두꺼운 털과 가죽을 몸에 덮은 설인들에게 있어서 찜통이나 다름없었다. 빽빽이 서 있는 나무들은 그들의 큰 몸집에 어울리지 않았다.

인적이 뜸한 설산 속에서 그들만의 생활을 누리고 있어야 할 설인들이 타향에서 약에 취한 채 멍하니 있는 광경은 하이엘바인을 서글프게 만들었다.

[가시죠, 하이엘바인님.]

[음, 미안하네.]

투시를 계속한 끝에 일행은 바위산과 마주쳤다. 땅굴은 그 밑으로 들어가 더 이상 이어지지 않았다.

리오는 지도에도 나와 있지 않은 그 산을 공중에서 살폈다. 마침 산의 정상 부근에서 오크 두 명이 쪽문을 열고 나와 곰방대를 물었다.

[이 산을 투시해 주십시오.]

[그러지.]

산을 투시해 본 하이엘바인은 퍼뜩 놀랐다. 여태껏 본 적도 없는 생명체가 똬리를 튼 뱀처럼 몸을 뭉친 채 뜨겁고 축축한 숨을 전신에서 내쉬고 있었다.

[아무래도 이곳인 것 같네.]

[구체적으로 설명해 주십시오.]

[산 내부는 비어 있고 그 안엔 아주 큰 생명체가 있네.]

리오는 일이 잘 풀린다는 느낌에 고개를 끄덕였다.

[뭡니까?]

[아닐세.]

[예?]

[큰 몸체에… 머리가 여러 개 달려 있네. 처음 보는 존재라네.]

리오는 상당한 혼란을 느꼈다.

[그렇다면 웜은 없는 겁니까?]

[있다네. 내가 보고 있는 생명체 주변에 잔뜩 깔려 있네. 마치 엄마를 따르는 아이들 같군.]

리오는 하이엘바인이 투시하고 있는 광경이 무엇인지 보고 싶었다. 그러나 하이엘바인이라 해도 그것을 리오에게 직접 전해줄 기술은 없었다.

[이 산도 이상하다네. 이건 자연적으로 만들어진 산이 아니라 자연석들을 쌓아서 만든 은신처로군. 나무와 흙, 이끼까지 전부 이식해서 위장했네.]

리오는 그녀의 말을 듣고 나서야 그것이 인공물임을 알 수 있었다.

[훌륭하군요. 오크들이 만들 수 있는 수준의 건축물이 아닙니다.]

리오는 주의 깊게 주변을 살폈다. 초감각도 최대한 발휘했다. 이런 중요한 장소를 오크 몇 명이 지킬 리가 없었기 때문이다.

그의 초감각은 범위 내에 있는 벌레들의 움직임까지도 동시에 포착할 수 있을 만큼 예민했다. 하지만 특별히 감지되는 것은 아무것도 없었다.

'그래도 느낌이 이상한데…….'

초감각은 반응이 없었으나 그가 여태껏 수많은 경험을 쌓으며 구축된 직감은 보이지도, 느껴지지도 않는 어떤 위험에 맹렬히 반응하고 있었다.

[그렇다면 누가 만들었다고 생각하나?]

하이엘바인이 물었다. 리오는 초감각을 유지한 채 오크들을 눈짓으로 가리켰다.

[우선 저 친구들에게 물어봐야겠습니다. 쑤밍, 가자.]

[예.]

리오와 쑤밍이 오크들이 기대고 있는 암벽 밑에 소리없이 달라붙었다.

[바로 올라갈까요?]

[기다려. 무슨 얘기를 하는지 좀 들어보자고.]

가족 이야기, 애인 이야기, 동료 누군가에 대한 이야기, 지금 상대하고 있는 인간들의 이야기 등이 지겹게 흘러나왔으나 산 내부에 있는 생명체에 대한 이야기는 나오지 않았다.

"이제 들어가 볼까?"

"자리를 너무 오래 비우면 또 뭐라고 하겠지."

오크들이 곰방대를 바깥쪽으로 털었다. 담뱃재와 불씨가 리오와 쑤밍 위로 쏟아졌다.

리오가 눈을 부릅떴다. 담뱃재를 맞는 것은 불쾌했지만 오크들이 그냥 들어가는 것이 더 큰 문제였다.

'이대로 놓칠 수는 없지.'

리오가 그들을 붙잡기 위해 암벽 위로 올라가려는 찰나였다.

산이 우르릉 떨리면서 신음 소리 비슷한 것이 바위 틈새를 통해 새어 나왔다. 오크들은 떨어지지 않게 자세를 낮췄고 리오도 다시 암벽 밑으로 내려왔다.

그 불길한 현상이 서서히 잦아들었다.

거의 웅크려 있다시피 한 오크들이 투덜대며 일어났다.

"화가 나서 못해먹겠군. 대족장님은 대체 어디서 저런 괴물을 데려오신 거야?"

"도움이 되는 놈인지, 안 되는 놈인지 그것도 모르겠어. 여태까지 계속 실패하기만 했잖아? 땅굴만 정신없이 파놓고 말이야."

"겨우 사냥해 온 설인들의 수도 벌써 반으로 줄었어. 정말 도시 지하에 얻어낼 게 있으면 땅굴을 뚫을 게 아니라 도시 안팎에 있는 녀석들을 싹 걷어낸 뒤에 천천히 해도 되잖아?"

"내 말이 그 말이야."

리오와 쑤밍이 서로를 봤다. 하이엘바인도 움찔했다.

[지금 들었나? 도시 지하에……!]

드워프들의 도시가 사라진 지 이틀도 안 된 상황에서 그런 말을 들은 하이엘바인은 분노를 감추지 않았다.

[진정하십시오. 좀 더 자세히 들어봐야겠습니다.]

리오는 신중하게 생각하는 한편 자신의 교신기를 쑤밍에게 건네줬다.

[넌 이걸로 아까 그 도시의 정보를 다시 찾아봐. 루이체의 교신기에서 받아온 정보가 결합되어 있으니 뭔가 있을지도 몰라.]

[예, 스승님!]

리오가 암벽을 타고 조용히 움직였다.

오크들은 여전히 투덜거리고 있었다.

"우리 꼴도 이게 뭐야? 다른 부대 녀석들은 팔자 좋은 놈들이라며 부러워하는데, 우리가 매일같이 하는 일이라고는 야생동물 잡아서 바치는 것뿐이잖아. 그것도 큰 놈들로만. 제길, 이제 못해먹겠어."

"말조심해."

오크가 동료에게 속삭였다.

"아무래도 이 안에 있는 괴물이 우리들 말을 알아듣는 것 같아. 녀석 주변에서 불만을 터뜨리다가 실종된 녀석들이 꽤 많다고 하잖아? 일단 조심하자고."

"흠, 쩝. 그러지."

열쇠로 문을 연 오크의 어깨를 누군가가 두드렸다.

"어이, 야밤에 장난치지 말라고."

돌아보는 그의 안면을 적동색 손이 덮쳤다.

"크억!"

오크는 자신의 광대뼈를 쥐어짜듯이 잡아 올리는 상대의 힘에 등골이 떨렸다. 오크를 집어 든 채 벽에 몰아붙인 리오는 의도적으로 새파란 안광을 눈에 품었다.

"아까 도시 지하가 어쩌고 하던데, 아는 대로 얘기해 봐."

"으, 으읍……!"

"저 친구처럼 되기 싫으면 빨리 말해."

리오는 눈짓으로 옆을 가리켰다. 그가 가리킨 방향을 본 오크는 앞으로 엎어져 있는 동료의 모습을 보고 경악했다.

몸은 엎드려 있는데 목은 하늘을 보고 있었다. 동료가 그렇게 되는 것을 느끼지도 못한 오크는 덜덜덜 떨며 말했다.

"며, 몇 달 전에… 대족장님께서 저 지하에 있는 보물을 장악해야만 우리 오크와 트롤들이 다른 종족의 핍박에서 벗어나 독립할 수 있다고 하셨다. 지하의 보물에 대한 얘기는 그때밖에 나오지 않았지."

"아주 착하군. 그럼 안에 있는 괴물은 뭐지? 그리고 너희들이 어떻게 웜을 지배하는지 말해봐."

"그건 말할 수 없다!"

"그러신가?"

리오가 눈을 부릅뜨는 순간 그 눈빛을 정면으로 바라본 오크의 머리가 덜컥 흔들렸다. 귓구멍에서 피가 흐르고 눈의 흰자는 까맣게 보일 정도로 충혈됐다.

"이제 대답하고 싶어서 미치게 될 거야."

"예, 예……."

오크는 코피까지 흘리며 공손히 대답했다.

'뇌가 헝클어졌군.'

오크의 머리를 투시해 본 하이엘바인은 기분이 조금 불편했다. 묻는 말에 대답만 할 수 있도록 뇌가 조작된 그 오크는 뇌 기능이 거의 상실되어 길게 잡아야 한 시간 정도만 의식을 유지할 수 있었다.

리오는 오크를 풀어주었다. 벽에 등을 댄 채 스르륵 쓰러진 오크는 리오 일행이 이곳에 오면서 봤던 설인들처럼 밤하늘을 멍청하게 바라봤다.

"다시 묻지. 안에 있는 괴물은 뭐고 웜은 어떻게 지배하는지 말해봐."

"웜? 벌레 말이오? 그건 우리가 지배하는 게 아니오. 괴물이 지배한다오. 우린 그저 먹이만 줄 뿐이오."

오크가 실성한 듯 웃었다.

"그럼 웜을 지배하는 괴물은 누가 조작하나?"

"모르오."

"쯧."

최악의 대답을 들은 리오는 혀를 세게 찼다. 일이 더욱 미궁으로 빠지는 순간이었다.

"항상 같은 시간, 같은 간격에 깨어나고 웜을 준비한다오. 우리 전사들과 설인들은 미리 대기하고 있다가 괴물이 준비해 준 웜의 내부로 들어가 도시로 향한다오."

리오는 골치가 아팠다.

'라그나로크 기록을 노리나? 아냐, 그럼 땅굴들을 몇 개나 파며 성을 노릴 리가 없어. 리즈의 저택은 도시 바깥쪽에 위치하고 있어서 작정만 하면 언제든 밀고 들어올 수 있을 거야. 그보다 누가 이런 짓을 꾸미는 거지? 제3자인가? 렘런트의 방식은 아닌데?'

한참 동안 생각을 해본 리오는 우선 웜을 지배한다는 괴물을 없앤 뒤 도시 지하를 탐색해 보기로 결정했다.

[이곳을 파괴해야겠습니다. 안에 있는 괴물부터 제거해야

마음 편히 일할 수 있을 것 같군요.]

그가 하이엘바인에게 정신감응을 시도했다.

[알겠네. 준비하지.]

리오와 일행이 고도를 높였다.

리오는 밤이라서 데이브레이크를 쓸 수 없는 것에 아쉬워했다. 적이 미확인 생물체일수록 그런 확실한 기술을 내는 것이 상책임을 그는 잘 알고 있었다.

[쑤밍, 나와 함께 플레어를 쓰자.]

[예, 스승님!]

[하이엘바인님께서는 저희의 마력이 감지되지 않도록 교란해 주십시오.]

[그리하겠네.]

힘이 제대로 돌아왔다면 이런 돌산 정도는 그녀에게 아무것도 아니었다. 맡은 역할이 고작 마력의 교란이라 자존심이 상할 수도 있었지만 하이엘바인은 그나마 이런 일이라도 할 수 있는 게 어디냐며 긍정적으로 생각했다.

리오가 두 손을 지상 쪽으로 내밀었다. 그는 두 개 이상의 마법을 동시에 발동시킬 수 있는 기술자였다. 아직 그런 경지에 도달하지 못한 쑤밍은 한 손을 내밀고 정신을 집중했다.

리오와 쑤밍의 손바닥 앞에 진홍색의 대형 마법진이 복잡하게 떠올랐다.

마법진이 완성되는 속도가 확연히 차이가 났다. 쑤밍이 마법진을 절반 정도 완성시킬 시점에서 리오는 두 개의 마법진 모두를 마무리 짓고 있었다.

'아, 역시 격이 다르구나.'

그녀는 이토록 부족한 자신에게 더 이상 가르칠 것이 없다고 자르듯 말한 스승이 조금 원망스러웠다.

'내가 뭔가 실망시켜 드린 점이라도 있었나? 아직 난 부족한데.'

리오 역시 그녀가 만드는 마법진을 의식했다.

'너무 느리군. 플레어를 쓸 기회조차 없을 만큼 검술이 좋은 아이니 이해는 하지만…… 뭐, 지금 당장은 어쩔 수 없지. 돌아가면 마법 연습을 더 하라고 충고해야겠군.'

리오의 눈동자에 깊은 정적이 자리 잡았다.

'아냐. 믿자.'

그의 입술 한쪽이 살짝 올라갔다.

[아스가르드 전사의 기본은 무엇입니까?]

리오의 정신감응에 쑤밍과 하이엘바인이 고개를 갸웃했다.

[별일이군. 그것도 모르는가?]

마법진이 피식 사라졌다.

"어?"

열심히 마법진을 그리던 쑤밍은 의아한 눈으로 스승을 봤다. 그들의 마법이 적에게 감지되지 않도록 열심히 교란시키던 하이엘바인도 깜짝 놀라 눈을 돌렸다.

리오의 시야에서 그들이 빙글빙글 돌았다. 그들이 도는 것이 아니라 리오 자신이 돌고 있었다.

'역시 위험했어. 여태껏 느낀 것들 중 최고야. 이놈의 직감은 빗나가질 않는군.'

그가 추락했다.

'점쟁이라도 해볼까?'

자기 자신에게 던지는 농담을 끝으로 그의 의식이 까맣게 물들었다.

쑤밍과 하이엘바인은 자신들에게서 멀어지는 붉은 장발의 사내를 몇 초간 가만히, 정말 바보가 된 게 아닐까 싶을 정도로 멍청하게 바라봤다.

힘없이 떨어지는 그의 가슴에는 황금색의 화살이 꽂혀 반짝거렸다. 화살은 그의 가슴뿐만 아니라 몸통을 완전히 꿰뚫고 있었다.

"리오!"

하이엘바인은 리오를 향해 손을 뻗으려다 말았다. 쑤밍이 그를 향해 먼저 날아갔기 때문이었다. 이런 상황에 익숙한 그녀는 모든 감각을 총동원하여 주변을 살폈다. 그에게 화살을 쏜 자를 찾기 위해서였다.

'누가 이런 짓을!'

하지만 리오가 그랬던 것처럼 그녀 역시 아무것도 느끼지 못했다.

리오를 향해 날아가는 쑤밍의 마음은 불길함으로 혼탁했다. 의식이 없는지 절벽의 낙석처럼 떨어지는 스승의 모습이 쑤밍을 더욱 두렵게 만들었다.

리오와 땅의 거리가 급속도로 줄어들었다. 쑤밍은 어금니가 깨져라 힘을 냈다.

아무리 리오라 해도 의식을 완전히 잃은 상태에서 머리를 다치게 되면 즉사였다. 결계든 기력이든 몸을 보호할 수단을 발휘할 수 없기 때문이다.

"스승님!"

가까스로 리오를 받아 든 쑤밍은 즉각 반전하여 땅에 착지했다. 그 충격에 땅이 흔들리고 흙이 분수처럼 솟아올랐다.

산속에 숨어 있던 오크와 트롤들이 그 소리에 일제히 고개를 들었다.

횃불이 하나씩 켜지고 빠르게 움직였다. 하지만 쑤밍의 눈에는 죽은 듯 눈을 감은 리오와 그의 가슴에 박힌 화살만이 보였다.

그녀는 스승의 가슴에 꽂힌 화살에 손을 가져갔다.

"스승님! 스승님, 스승님, 스승님, 스승님!"

"멈춰라!"

단숨에 쫓아 내려온 하이엘바인이 그녀의 손을 쳐냈다.

"화살이 박힌 자리가 위험하다! 보통 화살도 아니야! 보고도 모르느냐!"

"아……!"

화살은 그의 왼쪽 가슴에 박혀 있었다. 심장에 박혀 있다고 생각해도 무리가 없는 위치였다.

"정신 차리고 결계를 쳐라! 리오의 결계까지 뚫은 화살이니 죽을 각오로 쳐야 한다! 나도 도울 테니 어서!"

하이엘바인과 쑤밍이 동시에 결계를 쳤다. 비효율적이긴 해도 어디서 날아올지 모를 화살에 대비하기 위한 최선의 조치였다.

리오의 몸에 박힌 화살이 빛을 뿌리며 서서히 사라졌다. 전부 사라져서 상처가 드러날 경우 피가 단숨에 쏟아져 나와 더 큰 문제가 일어날 수도 있었다.

"이대로 루이체에게 데려가자! 그 아이라면 할 수 있을 거다!"

"아, 알겠습니다!"

그들은 결계를 유지한 채 도시 쪽으로 날아갔다.

산을 빠져나갈 무렵, 화살이 그의 몸에서 완전히 사라졌다.

가슴에 뚫린 구멍에서 벌컥 솟아오른 피가 쑤밍의 얼굴과 상의, 소매를 차례로 적셨다. 쑤밍은 다급히 그의 상처를 손으로 막았지만 흐르는 피를 완전히 막진 못했다.

'그래, 치료를! 어서 치료를!'

그녀는 자신이 동원할 수 있는 치료 마법을 곧장 사용했다. 그러나 어떤 강력한 힘이 그녀의 마법을 무효로 만들고 상처와 출혈을 유지시켰다.

"안 돼!"

쑤밍이 큰 소리로 울부짖었다.

같은 시각, 리오 일행이 있던 바위산 근처의 숲에서 누군가가 움직였다.

나뭇가지에서 내려온 자의 손에는 리오의 가슴에 박힌 것과 똑같은 황금색 화살이 쥐어져 있었다.

"과연……."

그가 중얼거렸다.

조각 같은 외모의 그 금발 사내는 연녹색의 간편한 옷을 입고 있었다. 그러나 황금색으로 빛나는 그의 커다란 각궁은 복

장과 어울리지 않게 태양처럼 이글거리는 문양과 각종 조각
들로 화려하게 장식되어 있었다.

활을 든 자는 아폴로니우스였다.

CHAPTER 13
모든 것을 받아들이는 것

"정말 거슬리는 남자로군."

아폴로니우스가 불쾌하게 중얼거렸다.

"오라버니."

아폴로니우스의 옆에 그의 쌍둥이 여동생 아르테가 나타났다. 정결하면서도 어딘지 모르게 차가운 그녀의 미모는 달빛 아래에서도 찬란했다.

"괜찮으신가요? 오라버니께서 목표물을 놓치시는 것은 드문 일인데요?"

질책하는 투였다.

"그래, 드문 일이지."

아폴로니우스는 자신의 짧은 곱슬머리를 쓸어 넘기며 분노를 억눌렀다.

"맞는 순간 몸을 틀어서 심장을 피했단다."

"예?"

아르테가 눈을 크게 떴다.

아폴로니우스는 숨을 크게 내쉬었다.

"마법에 정신을 집중하고 있는 상태라서 빗나가지 않을 거라 생각했건만……. 이건 운도, 기적도 아니야. 순발력만으로 되는 일도 아니지."

"그럼요?"

"경험이란다. 대체 얼마나 오랫동안 전투 경험을 쌓은 남자인지 짐작도 안 가는구나."

아르테가 살짝 눈가를 찡그렸다.

"우연이 아닐까요? 화살의 속도와 무게, 날카로움을 봐서라도 그건 불가능해요."

"불가능이 아니라는 것은 아까 증명됐지 않느냐?"

아폴로니우스의 말에 아르테의 눈빛이 더욱 사나워졌다.

"증명됐다고요? 전 모르겠어요."

그녀가 따졌다. 아폴로니우스는 부정적인 태도를 보이는 동생을 잠시간 묵묵히 지켜봤다.

"모르는 게 아니라 보지 못했겠지."

"설명해 주세요."

아르테는 성미가 급했다.

"찰나일 뿐이지만… 그와 눈이 마주쳤지."

"예……?"

아폴로니우스의 그 한마디에 아르테의 말문이 막혔다.

"앉자구나."

"예, 오라버니."

아르테가 검을 꺼내 들고 옆에 있는 나무를 쳤다. 나무는 옆으로 우르릉 쓰러졌고 아폴로니우스와 아르테는 그 나무를 의자 삼아 앉았다.

나무의 단면에서 신선한 수액이 좋은 냄새를 뿌리며 졸졸 흘러나왔다.

"눈이 마주쳤다 해도 내 모습을 완전히 인식하진 못했을 거다. 하지만 그것만으로도 대단하지. 내 화살에 몸이 관통당하는 와중에도 화살이 날아온 방향을 계산하여 나를 추적하는 것은 아무나 할 수 있는 일이 아니란다."

그의 설명에 아르테의 표정이 서서히 변했다.

"하이볼크의 하수인은 괴물이군요."

"괴물까지는 몰라도 방해가 될 존재임은 분명해졌구나."

"역시 화살에 독을 발라야 했어요, 오라버니. 신의 육체마

저도 썩어 문드러지게 만드는 독이 저기에 있잖아요?"

아르테는 리오 일행이 조사하던 돌산을 손으로 가리켰다. 그러자 아폴로니우스의 표정이 급변했다.

"내 스스로 긍지를 꺾으란 말이냐?"

"상황을 아시잖아요! 지금 오라버니의 자존심을 찬양하거나 비난할 자가 저 말고 누가 있지요? 아무도 없어요! 여긴 올림포스가 아니라고요!"

아폴로니우스는 한숨을 내쉬며 고개를 돌렸다.

"값싼 현실로 나의 긍지를 욕하지 마라."

"그 긍지도 그리 비싸진 않아요."

이대로는 말싸움이 끝나지 않을 분위기였다. 동생의 독설에 익숙한 아폴로니우스는 여태까지 그러했듯 먼저 감정의 칼날을 거뒀다.

"그래, 내가 졌다. 이제 어떻게 하면 좋을지 잠시 생각해 보자꾸나."

그의 누그러진 말투에 아르테도 마음을 가라앉혔다.

"하이볼크의 하수인은 죽지 않았지만 오라버니의 화살이 몸에 박힌 이상 쉽게 일어나지 못할 거예요. 그의 몸에 주입된 화살의 힘이 치료를 방해하니까요."

"화살의 힘은 두 번의 태양이 하늘을 여행한 후에 사라질 거다."

"맞아요. 그전에 도시를 밀어버리도록 하지요."

동생의 거친 말에 아폴로니우스가 자못 놀랐다.

"리즈 스타인과 그 동료들은 죽이고 싶지 않다고 네 입으로 말하지 않았느냐?"

"하이볼크의 하수인이 함께 있는 이상 어쩔 수 없어요. 그는 현실 적응을 못하는 그 아스가르드 신족보다 훨씬 더 위험하다고요!"

"으음……."

아폴로니우스는 손으로 얼굴을 반쯤 덮고 한숨을 길게 내쉬었다.

"그때 '그녀'가 아니었다면 우린 그의 정체를 알아내지 못했을 거다."

아르테는 아폴로니우스가 말하고 있는 그때를 뚜렷하게 기억했다. 리오가 리즈 일행과 함께 멸망의 사슬단의, 아니, 렘런트의 본거지를 쳤을 때의 일이었다.

"그가 보통 인간이 아님은 예상하고 있었지만 하이볼크의 하수인일 줄은 몰랐지. 그가 아틀라스가 있는 장소에까지 나타났다는 정보를 들었을 때는 내 손이 차가워짐을 느꼈단다."

아폴로니우스가 주먹을 꾹 쥐었다.

그 주먹을 아르테가 감쌌다.

"그렇지요, 오라버니. 하지만 우리 계획은 성공했어요. 헤라클레스는 각성하지 못한 자들에게 등을 돌렸고 헛된 야망을 품었던 아틀라스를 분쇄했지요."

그녀가 도시 쪽을 가리켰다.

"이제 저 도시 지하에 있는 존재를 확보하면 계획의 절반은 성공한 거예요. 하지만 하이볼크의 하수인이 살아 있고 또 저곳에 있는 한 우리는 리즈 스타인을 눈감아줄 수가 없어요. 헤라클레스 때의 행운을 다시 기대할 수는 없잖아요?"

그녀는 단호했다. 그 단호함이 그녀의 미모를 돋보이게 해주었다.

아폴로니우스는 자신보다 전쟁에 대해 더 잘 아는 동생의 판단을 따르기로 했다.

"오크와 트롤, 설인들에게 지시를 내려라. 그는 내가 깨우마."

"예, 오라버니."

아르테가 자리에서 사라졌다. 아폴로니우스는 나무에서 일어나 바위산을 봤다.

"티폰과 에키드나가 낳은 불멸의 아이여, 이제 일을 할 시간이다."

바위산이 부르르 흔들렸다. 리오의 손에 뇌가 망가진 채 방치된 오크가 행복한 얼굴로 추락했다.

＊　　　＊　　　＊

"눈을 좀 뜨란 말이야!"

고함을 지른 루이체는 벌써 한 시간째 자신의 힘을 리오의 상처에 쏟아붓고 있었다. 그녀와 리오를 돕기 위해 방에 들어온 도로시는 루이체의 강력한 영적 능력에 압도되어 아무것도 하지 못했다.

그녀의 힘은 손실된 팔다리도 부상 직후라면 멀쩡하게 되돌릴 수 있을 만큼 훌륭했다. 리오 자신이 갖고 있는 재생 능력까지 더해진다면 치명상도 순식간에 나을 수 있었다.

하지만 루이체의 능력은 물론 리오의 재생도 전혀 먹히지 않았다. 화살이 있던 자리에 남아 있는 강력한 힘이 상처의 재생을 가로막고 있었다.

'금이 녹아서 박혀 있는 것 같아!'

루이체가 금이라고 표현한 이유는 문제가 된 힘의 색이 땡볕 아래의 황금처럼 찬란했기 때문이다.

그녀는 다른 방법을 동원하기로 했다.

루이체는 자신의 가방에서 소스가 들어 있을 법한 형태의 약통을 꺼냈다.

'이건 통해야 돼!'

그녀는 약통의 뚜껑을 딴 뒤 그 출구를 리오의 상처에 댔다. 부들부들한 약통 안에 채워진 물질들이 루이체의 손아귀 힘에 밀려 상처 속으로 들어갔다.

면역 거부 반응과 거리가 먼 그 생체 물질은 손실되거나 손상된 육체 부위를 빠르게 채워 지혈 및 생명 유지에 문제가 없도록 해주는 특징을 갖고 있었다.

리오는 평상시에 그 생체 물질을 '접착제'라고 깔봤다. 그러나 지금은 그에게 사용할 수 있는 마지막 수단으로서 빛을 내려 하고 있었다.

그것들이 거품을 내면서 리오의 몸에 난 구멍을 채웠다.

'이것까지 통하지 않으면……!'

루이체의 땀이 볼에 흘러 리오의 몸 위로 떨어졌다. 팔뚝으로 얼굴을 대강 닦은 그녀는 침을 한 번 삼킨 뒤 도로시를 불렀다.

"죄송한데 마실 물을 좀 주시겠어요?"

"아, 잠시만 기다리세요."

드디어 할 일이 생긴 도로시는 두 개의 문 중 왼쪽 문을 열고 나갔다.

그녀는 문밖으로 한 걸음 내딛자마자 깜짝 놀랐다.

"쑤밍 아가씨?"

쑤밍이 꼭 집 나간 아이처럼 반대편 문에 기댄 채 웅크리고 있었다. 도로시가 왼쪽이 아니라 오른쪽을 밀었다면 충돌이 일어날 뻔한 상황이었다.

"거실로 가세요, 아가씨. 선생님은 꼭 괜찮아지실 거예요."

하지만 쑤밍은 털끝 하나 움직이지 않았다. 그대로 망부석이라도 될 분위기였다.

그녀를 조용히 뒤로한 도로시는 부엌으로 가기 전에 거실의 분위기를 살폈다.

거실 역시 침울했다.

리즈는 오딘의 눈이 그에게 아무 도움을 주지 못한다는 사실에 슬퍼했고, 올리버는 이따금씩 정신을 놓은 사람처럼 고개를 저으며 한숨을 쉬었다. 루파도 물벼락 맞은 강아지처럼 어깨를 늘어뜨리고 있었다.

평상시와 다를 바가 없는 사람은 마리아뿐이었다. 그 어린 흡혈귀는 다리를 꼬고 앉은 채 루파가 끓여준 차를 마시며 책을 읽었다.

그러나 모르는 사람의 눈에만 그렇게 보일 뿐, 도로시는 마리아가 가장 걱정되었다.

'리즈님의 권유에도 책을 읽지 않던 아이인데……'

도로시는 루이체에게나마 도움을 줘야 한다고 자신을 타이르며 부엌으로 갔다.

'하이엘바인님은 어디 계시지? 클라라님도 안 보이

고······.'

그들뿐만 아니라 스트라케도 보이지 않았다.

부엌에 들어가 주전자에 물을 채우던 도로시는 문득 창문을 통해 뒤뜰에 있는 하이엘바인과 클라라, 스트라케를 발견했다.

하이엘바인은 위엄이 느껴질 정도로 침착했다. 리오와 함께 있을 때처럼 어딘가 빈틈이 보이는 모습이 아니었다. 클라라와 스트라케 역시 마찬가지였다.

도로시는 어둠 속에서 각자의 눈빛을 밝히고 있는 셋을 가만히 지켜봤다.

그 셋은 대화를 나누고 있었다. 클라라, 스트라케와 제대로 된 대화를 나눌 수 있는 자는 현재까지 하이엘바인뿐이었다.

"클라라는 리오의 몸에 박힌 힘이 어떤 것이라 생각하느냐?"

클라라가 눈빛을 반짝거리며 자신의 생각을 전했다.

[저도 처음 보는 힘입니다. 하지만 태양에 한없이 가깝다는 것만은 확실합니다.]

"태양?"

[그렇습니다.]

클라라가 고개를 끄덕였다.

분명 대화가 오갔지만 도로시의 귀에 들린 클라라의 목소리는 오직 '전투' 뿐이었다.

"태양이라면 빛의 근원. 아무나 다룰 수 있는 힘이 아니지. 리오에게 치명적인 저격을 성공시킨 것만으로도 놀랐는데……. 아무래도 보통 상대가 아닌 것 같구나."

[저격수는 실패했습니다, 하이엘바인님.]

스트라케의 지적에 하이엘바인이 의아해했다.

"실패했다고?"

[그렇습니다. 화살이 들어간 부위와 빠져나온 부위의 각도가 미세하게 다릅니다. 아마 그 빨간 머리 종마가 화살을 맞는 것과 동시에 몸을 틀었을 겁니다. 저격수의 능력을 하이엘바인님과 같은 신족 수준이라고 설정해 보면 종마의 능력은 인정하지 않을 수가 없겠군요.]

하이엘바인이 통역하지 않았을 뿐, 스트라케는 리오를 '종마(種馬)'라며 낮춰 부르고 있었다.

하이엘바인은 가슴이 답답했다.

"힘든 상황이로군."

[무엇이 말씀이십니까, 하이엘바인님?]

스트라케가 눈을 깜박거렸다.

"아버님께서 사로잡히셨을 때는 가슴이 아팠지만 지금은 가슴이 허전하구나. 소중한 전우가 다쳐서일까?"

클라라와 스트라케가 눈을 부릅뜨고 서로를 쳐다봤다.

[하, 하이엘바인님! 하이엘바인님께서 처리하시면 되는 일이 아닙니까? 토르님의 따님이시자 아스가르드 최강의 발키리이신 하이엘바인님께서 고작 하이볼크의 종마 한 마리에 마음을 두실 이유는 없다고 봅니다.]

당황하여 말을 늘어놓던 스트라케가 움찔했다. 하이엘바인이 실망감 가득한 눈빛을 자신에게 보내고 있었기 때문이다.

"스트라케."

[아, 예! 말씀하십시오.]

하이엘바인의 눈동자가 황금색으로 바뀌었다.

"과거에 네가 내 험담을 하는 녀석들을 모조리 박살 내버렸듯 나 역시 내가 선배로 인정한 자를 험담하는 자를 가만히 둘 수 없단다. 무슨 말인지 알겠느냐?"

스트라케가 움찔했다.

[소, 소녀가 경솔했습니다.]

"더불어 종마라는 말은 더 이상 듣기 싫구나."

[조심하겠습니다, 하이엘바인님! 조심하겠습니다.]

스트라케가 거듭 머리를 조아렸다.

상황이 조금 진정된 뒤, 클라라가 두 손을 파닥거리며 말했다.

[스트라케, 하이엘바인님의 말처럼 리오님의 공백은 커. 이

저택에서 리오님만큼 이 세계에 대한 경험이 깊고 상황 대처에 능한 사람이 없잖아? 그건 너도 인정해야 해.]

[빌어먹을, 전부 다 쳐부수면 될 일이잖아! 죽으면 얌전해지는 것은 어느 세상이든 똑같아!]

스트라케가 이빨을 드러내고 으르렁거렸다.

클라라는 짧은 팔로 어렵게 팔짱을 끼고 투구를 좌우로 흔들었다.

[상황은 생각보다 어려울 수도 있어. 우리는 리즈의 발레이그르가 아니면 원래 모습을 되찾을 수가 없어. 그리고 발레이그르의 영향권에서 벗어나면 그것도 풀리게 되어 있지. 넌 울프헤딘 상태라 어느 정도 싸울 수 있지만 나는 그저 힘이 센 장난감일 뿐이야.]

클라라가 이어서 말했다.

[그리고 하이엘바인님의 몸도 정상이 아니야. 가브리엘과 우리엘의 공격 때문에 힘이 상당히 떨어지셨어. 만약 리오님을 저격한 자가 우리를 노린다면 모두가 몰살당할 수 있는 상황이지. 이건 마구 들이대서 해결될 문제는 아니야.]

하이엘바인이 예전에 했던 말처럼 클라라는 차분하고 조리있게 자신의 의견을 내놓는 성격이었다.

대화는 거기서 잠시 중단되었다.

"본론으로 들어가자꾸나."

[예, 하이엘바인님.]

둘이 동시에 대답했다.

"적들은 이 도시 지하에 있는 어떤 것을 노리고 있단다. 클라라는 이에 대해 아는 것이 없느냐?"

클라라가 고개를 저었다.

[아스가르드의 전투가 끝난 후부터 리즈의 손에 다시 깨어날 때까지의 기억은 없습니다. 아무리 떠올리려 해도 원래 없었던 일인 듯 미세한 가닥조차 잡히지 않아요.]

"그렇구나."

하이엘바인은 위로하듯 클라라의 투구를 쓰다듬었다.

"이번 일은 예전의 경우와 유사점이 많단다. 도시 지하에 적들의 흥미를 끄는 존재가 있고 그 위에는 발키리가 존재하지. 너와 스트라케는 갇힌 방법이 완전히 다르지만 그냥 넘어갈 수는 없겠구나."

[그렇다면 웜들의 땅굴 침투는 어떻게 생각해야 할까요? 그 정도 굴착 능력이라면 지하에 직접 들어갈 수도 있지 않을까요?]

클라라가 물었다.

하이엘바인은 잠시 생각에 잠겼다.

"굴착만으로는 해결이 안 되는 문제가 있었겠지. 도시 중앙에 위치한 성 쪽을 꾸준히 노린 것으로 봐서 아무래도 성

지하에 어떤 통로가 있을 것 같구나. 스트라케가 갇혀 있던 곳 역시 승강기 외에도 그러한 통로가 있었으니 이곳도 다르진 않겠지."

그렇게 추리를 해본 하이엘바인은 자신의 예상이 과연 옳은 것인지 의심되었다.

'리오라면 다른 얘기를 했을지도 모르겠군.'

그의 빈자리를 확실히 느낀 하이엘바인은 서둘러 마음을 추슬렀다.

"적들은 분명 오늘이나 내일 내로 기습할 것이야."

[말씀하신 대로 된다면 제대로 준비가 안 된 기습이겠군요.]

스트라케가 말했다.

"그렇지. 하지만 그들은 이 기회를 잡고 싶을 게다."

그녀는 리오가 있는 방 쪽에 눈을 돌렸다.

"화살을 쏜 자는 자신의 화살이 리오의 몸속에서 어떻게 작용하는지 잘 알 거다. 노린 것이라면 일단 성공이니 그들에게 있어서 최고의 기회가 온 것이 아니겠느냐?"

[그렇다면 더 잘된 일이 아닙니까?]

스트라케가 목소리를 높였다.

[아무리 하이엘바인님께서 힘의 대부분을 잃으셨다 하더라도 당신께서 하이엘바인님이라는 사실에는 변함이 없습니다!

드디어 힘을 보여주실 때가 온 겁니다!]

"나를 너무 걱정하는구나."

하이엘바인이 빙긋 웃었다.

"잃은 것은 힘이지 자신감이 아니란다."

그 한마디에 스트라케와 클라라의 표정이 밝아졌다. 그것이야말로 그녀들이 하이엘바인의 목소리를 통해 듣기를 원했던 바로 그 말이었다.

"적의 전력에는 미지의 부분이 너무 많단다. 그에 대해서 한 번 얘기해 보자꾸나."

[예, 하이엘바인님!]

그때 뒤뜰로 루파가 뛰어나왔다.

"하이엘바인님! 큰일입니다요!"

"오, 루파. 리오가 깨어났느냐?"

혹시나 하여 묻는 하이엘바인의 표정을 보고 루파는 고개를 짧게 흔들었다.

"아닙니다요! 오크들이 갑자기 전면 공격을 개시했습니다요! 밖은 지금 난리도 아닙니다요!"

하이엘바인의 표정이 다시 진지해졌다.

"수는 어느 정도인가?"

"야간이라서 식별하지 못한 것 같습니다요! 하지만 그게 문제가 아닙니다요, 하이엘바인님!"

긴장, 경악으로 물든 루파의 갈색 얼굴은 상당히 창백했다.

"그럼 무엇이 문제냐?"

그녀의 물음에 루파가 두 팔을 번쩍 들었다.

"적들 최전방에 아주 거대한 괴물이 있습니다요!"

"괴물?"

"머리가 아홉 개 달린 괴물인데, 덩치가 어마어마하다고 합니다요! 거짓말인가 싶어서 탑에 올라가 그쪽을 살펴봤는데 정말 산처럼 거대했습니다요!"

루파를 긴장시키고 있는 존재는 바로 그 괴물이었다.

하이엘바인은 바위산 속에 웅크리고 있던 정체불명의 괴물을 기억해 냈다.

'녀석인가?'

루파의 보고가 계속됐다.

"그 괴물뿐만 아니라 십여 마리의 벌레까지 가세하고 있답니다요! 녀석들 때문에 연합군들의 투석기는 시작도 하기 전에 엉망이 됐습니다요!"

"그렇다면 이대로 있을 상황이 아니구나. 클라라는 리즈님과 함께 있도록 하고 스트라케는 저택 밖에서 대기하려무나. 조금 있다가 합류하마."

[예, 하이엘바인님!]

겉으로는 '전투'와 울음소리를 각각 낸 둘이 재빨리 움직였다.

하이엘바인은 루파와 함께 저택 안으로 들어가며 그녀에게 말했다.

"도시 사람들을 모두 대피시킬 수 있는 방법이 있느냐?"

"그, 글쎄요?"

"사람들을 도시에서 대피시켜야 한다고 리즈님께 전해다오. 적들이 노리는 것은 이 도시가 아니란다. 도시 지하에 있다는 어떤 존재야. 만약 적들이 지하를 적극적으로 노린다면 도시는 한순간에 붕괴될 수도 있단다."

"곧장 전하겠습니다요!"

하이엘바인의 말에 더욱 간담이 서늘해진 루파는 전력으로 질주했다.

'그럼 다음은……'

하이엘바인은 리오가 있는 방으로 올라갔다.

여닫이문의 한쪽에 웅크려 앉아 있는 쑤밍의 모습이 그녀의 눈에 가장 먼저 눈에 들어왔다. 하이엘바인은 쑤밍의 옆을 말없이 지나쳐 방 안으로 들어갔다.

루이체는 도로시가 가져온 물을 벌컥벌컥 마시고 있었다. 물 컵을 붙잡은 손에는 힘이 바짝 들어가 있었고 상의의 절반은 땀으로 축축했다.

쑤밍과 달리 건강한 모습이었기에 하이엘바인은 자신도

모르게 웃었다.

"아, 하이엘바인님."

옆에 앉아 루이체를 바라보던 도로시가 자리에서 일어났다. 루이체도 얼른 물 컵을 내려놓고 그녀 쪽으로 돌아섰다.

"리오의 상태는 어떠냐?"

정상인의 청각을 가진 도로시는 느끼지 못했지만 루이체는 하이엘바인의 목소리가 약간 떨리는 것을 느꼈다.

"지혈은 잘됐어요. 오빠의 몸에 박힌 그 이상한 힘도 아주 조금씩이나마 사라지고 있고요. 화살의 힘 자체가 저주하고는 거리가 먼 속성이라서 다행이에요."

"그렇다면 리오는 언제쯤 눈을 뜰 수 있느냐?"

"하루는 더 걸릴 것 같아요. 화살이 남기고 간 힘에 의식을 차단당했거든요."

"하루라……."

하이엘바인이 무겁게 중얼거렸다.

"적들이 이곳으로 오고 있단다."

"예, 아까 들었어요."

루이체가 씩 웃었다. 그녀의 청력도 수준 이상은 됐다.

"솔직히 말하자면 조금 두렵긴 하구나. 적의 정체도 모르고, 또 이 도시도 드워프들의 도시처럼 될까 걱정되기도 하고……."

하이엘바인은 이불을 덮고 누워 있는 리오를 봤다. 풀어헤친 붉은색 장발이 괜히 흐리멍덩해 보였다.

"그가 조언이라도 해줄 수 있으면 좋으련만."

그녀의 목소리에서 힘이 점점 빠졌다.

"어렸을 때 이야기인데요."

루이체가 말했다.

"쑤밍이랑 함께 오빠를 따라 여행을 간 일이 많아요. 이런 일도 있고 저런 일도 있어서 재미있었지만 식사를 할 때만은 조금 불편했어요."

"불편했다고?"

"예. 오빠는 항상 요리를 만들고 남은 재료들만 모아서 대충 먹었거든요."

하이엘바인도 그런 경우를 몇 번 본 일이 있었다. 고기가 타거나 심하게 그을린 부분이 있으면 리오는 그곳만 떼어서 자신이 먹고 깨끗이 익은 부분은 하이엘바인에게 모두 주었다.

그녀의 식성이 워낙 좋아서 남아나는 고기가 없었기에 리오가 좋은 고기를 먹는 경우는 여관이 있는 마을이나 도시에 들렀을 때뿐이었다.

"어느 날이었어요. 왜 그렇게만 먹느냐고 따지니까 오빠가 이렇게 대답해 줬죠. 해주는 입장이 더 즐겁다고 말이에요."

"……."

"하이엘바인님이라면 가능하실 거예요."

오늘은 다른 이들이 그에게 뭔가를 해줘야 하는 날이다. 하이엘바인은 약해지려는 마음을 채찍질했다.

루이체의 표현 방식은 좀 거칠었다.

"그런 걸 지켜보는 입장도 짜증 난다는 걸 좀 가르쳐 주세요!"

그녀가 소리치면서 리오가 누워 있는 침대를 주먹으로 쳤다. 의식을 잃은 리오는 침대와 함께 흔들거릴 뿐, 눈을 뜨진 않았다.

"루이체가 가장 힘이 넘치는구나."

"자주 겪는 일이니까요."

루이체는 리오가 부상당하는 것 이상의 상황도 자주 봐왔다.

용기를 내어 현장지원 임무를 몇 번 해봤지만 적뿐만 아니라 리오까지 잔악하게 상대를 죽이는 모습에 적응하지 못한 그녀는 결국 수습 단계에서 탈락하고 사무직으로 이동했다.

하이엘바인은 루이체에게 묻고 싶었다.

"적응한 것이냐?"

"그렇긴 한데… 마음은 역시 불편하네요."

루이체가 쓸쓸하게 웃었다.

하이엘바인은 리오의 망토를 집어 들었다.

"좀 빌려도 되겠느냐?"

"예? 괜찮긴 하지만……."

하이엘바인은 눈짓으로 문밖을 가리켰다. 그녀가 무엇을 생각하는지 눈치챈 루이체는 고개를 끄덕여 응원했다.

얘기를 마치고 문을 나선 하이엘바인은 변함없이 웅크리고 앉아 있는 쑤밍의 모습에 한숨을 내쉬었다.

"무엇이 너를 그리도 슬프게 하는 것이냐?"

그녀의 질문에 쑤밍이 훌쩍거리며 고개를 들었다.

어부가 대어를 낚듯, 하이엘바인이 그 틈을 놓치지 않고 리오의 망토로 쑤밍을 감쌌다.

"이렇게 해야 하나? 음… 어떻게 걸쳐 줘야 할지 모르겠군. 처음 하는 거라 너무 이상하구나."

쑤밍은 인형에 새 옷을 입히는 아이처럼 웃으며 끙끙거리는 그녀를 가만히 지켜봤다.

"소녀가 할 수 있습니다, 하이엘바인님."

"그러냐?"

하이엘바인이 망토를 놓았다.

"그럼 어서 하려무나. 적이 온단다."

"……."

"내 스승의 검까지 가져다주랴?"

그녀의 도발적인 제안에 쑤밍이 벌떡 일어나 망토를 고쳐 입었다.

"아닙니다."

"그럼 밖에서 기다리마."

"바로 가겠습니다."

쑤밍은 손등으로 눈물을 훔쳤다. 얼마나 오랫동안 울었는지 안구 뒤쪽이 쓰리고 아플 지경이었다. 하지만 충격과 허탈함에서 방금 벗어난 그녀의 눈빛은 리오가 무사할 때 이상으로 맑았다.

사막의 태양처럼 쨍할 정도였다.

'위험할 정도로 맑은 눈이로군.'

하이엘바인은 자못 놀랐다. 그저 순한 줄 알았던 쑤밍이 그런 눈빛을 보일 줄은 전혀 생각지 못했기 때문이다.

'이 아이의 이런 면 때문에 제자로 삼았나 보군.'

그녀가 저택 현관을 나가기 직전, 리즈가 클라라와 함께 하이엘바인에게 달려왔다.

"하이엘바인님! 혼자 나가실 겁니까?"

그가 다급히 묻자 하이엘바인은 고개를 저었다.

"스트라케와 함께 갈 것이오."

"위험합니다! 가실 거라면 저도 함께 가겠습니다! 클라라와 스트라케님께 본래 모습을 돌려드린다면……!"

"사양하겠소."

그녀가 딱 잘라 말했다.

"리오를 저격하여 치명상을 입힌 자가 우리의 적이라오. 리즈 스타인님을 저격하지 않는다는 보장이 없소. 그러니 지금은 클라라와 함께 도시와 사람들을 지켜주시오."

"…알겠습니다."

당장 도움을 줄 수 없다는 사실을 확인해 버린 리즈는 몸이 짓눌리는 느낌을 받을 정도로 안타까웠다.

쑤밍이 현관으로 달려왔다. 리오의 회색 망토를 제대로 걸치고 검을 평상시와 달리 빼딱하게 찬 모습이 그녀의 스승과 흡사했다.

"가자꾸나. 쑤밍."

"따르겠습니다."

하이엘바인은 그녀의 목소리 끝에서 어렴풋이 느껴지는 증오심이 걱정되었다.

저택 밖으로 나간 하이엘바인은 정문 앞에 앉아 기다리고 있는 스트라케에게 다가갔다.

"도시 바깥의 상황이 조금 느껴지느냐?"

[제가 현재 감지 능력이 조금 떨어지는지라 자세히는 확인해 보지 못했습니다. 일단 적들은 숫자가 많습니다. 오크와 트롤이라고 하셨지요? 오크들의 기병대와 인간을 비롯한 연

합군의 기병대가 이미 몇 번이나 육박전을 벌였습니다.]

"괴물은 아직 나서지 않았나?"

[처음에는 선두에 있었지만 지금은 적들 한가운데에 자리를 잡고 있습니다. 몸에 품고 있는 기운이 대단합니다. 신족 중에서도 최상급입니다. 다만……]

"다만?"

[영혼… 아니, 영혼 이전에 인지 능력 자체가 느껴지지 않습니다. 마치 머리가 없는 것처럼 말이지요.]

"그렇구나."

하이엘바인은 스트라케의 등을 쓰다듬었다.

"오늘은 네 등을 좀 빌려야겠구나. 괜찮겠느냐?"

[슬레이프니르보다는 못하겠지만 부족한 부분은 목숨으로 채우겠습니다.]

"고맙다, 스트라케."

그녀는 희미하게 남아 있는 '기적'의 힘을 스트라케에게 발동시켰다. 그녀의 눈앞에 나타난 마갑과 안장이 스트라케의 몸에 맞게 변형되어 씌워졌다.

스트라케와 대화하는 하이엘바인을 실성한 여자 보듯이 바라보던 민병대 경비들은 그 광경에 기겁하여 엉덩방아를 찧거나 무릎을 꿇었다.

스트라케 위에 올라탄 하이엘바인은 옆에서 명령을 기다

리는 쑤밍을 봤다.

"준비됐느냐?"

"따르겠습니다."

대답한 쑤밍의 표정은 살기등등했다. 스트라케는 그녀가 오늘 아침에 하늘을 날며 즐거워하던 그 용족이 맞는지 의심스러웠다.

[하이엘바인님, 저 계집아이는……?]

[나태함이 사라진 것뿐이란다.]

하이엘바인은 안장 앞에 붙은 고삐 모양의 손잡이를 어루만졌다.

[아무래도 리오의 제자는 이 아이가 아니라 이 아이의 증오심인 것 같구나.]

그 말에 스트라케는 머리를 좌우로 털었다.

[그 말씀을 들으니 생각나는군요.]

[네 옛날 모습 말이냐?]

[후후.]

스트라케는 웃어넘겼다.

"자, 그럼 가자!"

스트라케가 질주하고 그 뒤를 쑤밍이 바짝 따랐다. 그들이 달려나가며 만든 풍압이 저택 정문 앞에 쓰러져 있는 경비들을 다시 날려 버렸다.

루이체는 창문을 통해 그들의 가는 길을 지켜봤다. 도로를 무시하고 건물을 넘어 도시의 장벽을 향해 전진하는 모습에서 힘이 넘쳤다.

"잘되겠지, 오빠?"

대답을 기대하지 않고 질문한 루이체는 마음을 달랠 겸 리오의 허리가방을 뒤져봤다. 그녀는 어렸을 때부터 그의 가방을 뒤지면 묘하게 마음이 안정되는 느낌을 받았다.

세 번째 가방까지는 별로 특별한 게 없었다. 각종 구급약, 음식에 쓸 양념, 필기도구, 그리고 귀금속은 물론 어느 세계의 화폐도 꺼낼 수 있는 주머니 등등.

그러나 네 번째 가방은 좀 달랐다.

그녀는 가방 한구석에 찌그러져 있는 분홍색의 종이를 집어 손으로 잘 펴봤다.

그것은 명함이었다.

"케롤라흐 람 트리비터? 트리비터 가문의 악마?"

트리비터 가문은 악마들 가운데에서도 상당히 특별한 귀족으로서, 그들은 왕족 다음의 권위를 가질 뿐만 아니라 주신계에도 별다른 절차 없이 드나들 수 있는 특권을 가지고 있었다.

"오빠가 왜 이 악마의 명함을 가지고 있는 거지? 접촉했다는 말만 들었는데?"

그녀는 서둘러 리오의 교신기를 펼쳤다.

"교신기 안에… 등록되어 있어! 도대체 케롤라흐 람 트리비터는 뭐 하는 사람이지? 왜 이런 걸 오빠한테 준 거야?"

그녀는 짜증을 내는 것이 아니었다. 두려움을 느끼고 있었다.

*   *   *

연합군은 두려움에 빠져 허우적거리고 있었다.

물밀듯이 밀려오는 오크와 트롤의 기세도 두려웠지만 저 뒤편에 달빛을 맞으며 꿈틀거리는 거대괴물의 모습이 그들이 가진 두려움의 근본이었다.

그것은 단단한 등껍질을 업은 물뱀의 모습을 하고 있었다. 피부는 딱딱해 보였고 덩치는 도시에서 가장 여유가 있는, 마차 여덟 대가 동시에 오가도 문제가 없는 남쪽 문조차도 수용이 불가능할 만큼 컸다.

머리가 없는 점이 연합군 병사들을 더욱 두렵게 했다. 목은 분명 아홉 개였지만 그중 여덟 개는 불에 지짐을 당했는지 단면이 쭈글쭈글했고 중앙의 하나는 눌려 뜯긴 흔적이 뚜렷했다.

괴물 주변에서는 길쭉하고 통통한 거대벌레들이 잔뜩 깔

려 있었다. 그들은 지면을 뚫고 날아올랐다가 포물선을 그리며 다시 땅속으로 들어가는 행동을 반복했다. 십여 마리가 한꺼번에 넘실대니 대해의 파도보다도 느낌이 강했다.

그 끔찍하고 강력한 배경에 힘입어, 말을 탄 오크들의 기병대가 괴성을 지르며 다시 돌격해 왔다. 공격을 개시한 이후 벌어진 세 번째 돌격이었다.

준비를 제대로 하지 못하고 출격했던 연합군의 기병대는 지친 얼굴을 그들에게 돌렸다.

"약이라도 먹은 건가? 저 망할 녀석들!"

기병대 중 한 명이 욕설을 터뜨렸다.

그의 욕설대로 오크 기병대는 제정신이 아니었다. 입에서 부글부글 흘러나온 흰 거품이 그들의 검은색 피부를 더럽혔다. 절반 이상은 눈물과 콧물을 얼굴에 잔뜩 묻힌 채 미친 듯이 웃고 있었다.

그중 소수는 팔다리가 끊어진 것도 개의치 않았다. 진통제와 환각제가 그들의 머릿속에서 죽음과 두려움을 완벽히 지워 버리고 있었다.

독립군의 기마대와 연합군의 기마대가 달빛이 찬란한 평야를 지나 결국 충돌했다. 연합군 기마병 십여 명이 한꺼번에 쓰러졌다.

연합군도 창과 검으로 맞섰다. 하지만 베이고 찔리는 것도 상관없이 무작정 밀고 들어오는 적들을 상대하는 것은 도망치고 싶을 정도로 힘든 일이었다.

연합군 병사 중 한 명이 난전 속에 결국 낙마했다. 등과 옆구리에 위험한 통증이 박혔다. 늑골이 부러진 것이다.

말에 밟히지 않게 필사적으로 움직이던 그를 향해 오크가 뛰어내렸다. 오크는 난전 중에 꺾인 자신의 창을 버리고 병사의 머리를 주먹으로 후려쳤다. 투구가 벗겨지고 병사의 맨 얼굴이 드러났다. 갈색 머리를 짧게 자른 청년이었다.

오크는 그의 머리를 잡고 목을 젖힌 뒤 허리 뒤쪽에 차고 있던 단검을 빼 들었다. 상대의 목을 그것으로 그어버릴 심산이었다.

오크가 병사에게 몸을 숙였다. 입에서 올라오는 거품이 병사의 얼굴에 뚝뚝 떨어졌다. 병사는 어떻게든 살기 위해 몸부림을 쳤으나 약에 의해 증폭된 오크의 완력에서 벗어날 수는 없었다.

사실 단검 따위는 필요없었다. 오크는 병사의 목을 뒤로 접어 일을 간단히 끝낼 수 있었다. 그런데도 단검을 뽑아 든 이유는 약이 북돋아주는 가학적인 충동 때문이었다.

어떤 기대에 잔뜩 부풀어 있던 오크의 모습이 갑자기 사라졌다. 머리털이 한 줌 뽑힌 그 병사는 피까지 흐르는 머리를 잡고 오크가 날아간 방향을 봤다.

회색의 두꺼운 망토를 몸에 감은 말총머리의 여성이 제법 큰 대검을 오른손에 쥔 채 오크의 머리를 짓밟고 있었다.

　　두개골이 나가는 끔찍한 소리가 그녀의 발밑에서 터졌다. 병사는 덤덤한 얼굴로 오크를 처리한 그녀의 모습에 혼란을 느꼈다.

　　"아가씨는……?"

　　병사가 흠칫 놀랐다. 오크 기병 하나가 창을 앞세우고 그녀에게 돌격하고 있었다.

　　"사냥감! 사냥감이다!"

　　오크가 자신들의 언어로 소리쳤다.

　　쑤밍이 이리저리 움직이더니 맞서 돌진하여 말의 목 아래를 어깨로 들이받았다. 그 충격에 지그재그로 몸이 꺾인 말이 뒤로 튕겨 나가고 오크는 위로 떠올랐다.

　　"사냥감은 너희야."

　　쑤밍의 검에서 시작된 붉은색의 빛이 오크의 몸을 가로질렀다. 바위 같은 거구가 검광의 흔적을 따라 깨끗이 잘려 떨어졌다.

　　쑤밍은 자세를 바꾸고는 높이 뛰어올랐다. 그녀는 완전히 뒤엉킨 두 기병을 향해 오른손을 뻗었다.

　　오크들과 필사적으로 싸우던 연합군 기병들이 멈칫했다. 오크들이, 아니, 오크들만이 마법에 걸린 듯 말에서 떨어져 멀리 튕겨 나갔다.

연합군으로부터 멀찌감치 날아간 오크들은 한곳에 차곡차곡 쌓였다. 떨어지면서 팔다리의 뼈가 부러진 자도 있었지만 그들 모두 싸울 의지에 미쳐 바닥을 기었다.

쑤밍이 땅에 내려와 그들을 향해 걸어갔다. 그녀가 쥔 검, 바이아덕트가 특유의 붉은색을 흘렸다.

"빼앗기는 건 부모님으로 족해."

그녀가 검을 아래에서 위로 휘둘렀다. 검에서 일어난 붉은 선풍이 오크들을 집어삼켰다. 오크들의 피부와 내장이 피 한 방울 남기지 않고 뼈에서 이탈하여 흩어졌다.

그녀의 폭력적인 묘기에 당황한 연합군 기병들은 말고삐를 잡은 채 우물쭈물했다.

"뭐야? 어쩌지?"

"적이라면 우리도 저 꼴이 될 거 같은데?"

걱정하는 그들의 옆으로 스트라케를 탄 하이엘바인이 나타났다. 병사들보다 말이 먼저 움찔하여 이리저리 움직였다.

황금색 갑옷 차림의 하이엘바인이 창을 들고 외쳤다.

"들으시오! 이제부터 이곳은 위험 지역이 될 터이니 당신들은 어서 돌아가 전열을 가다듬으시오!"

하이엘바인의 외침에 이어 스트라케가 으르렁거렸다. 어깨높이가 큰 들소만큼 되는 스트라케의 몸집에 기겁한 기병대들은 후퇴를 외치는 지휘관을 따라 연합군의 진이 있는 곳으로 말을 몰았다.

그들의 구출에 성공한 하이엘바인은 흙바닥에서 뒹구는 오크들의 뼈를 싸늘하게 바라보는 쑤밍의 모습에 걱정을 품었다.

[저 아이, 상상 이상이로구나.]

하이엘바인은 쑤밍이 리오의 강압에 따라 천사들을 상대했던 그때를 떠올렸다.

그때는 불의 별에서 처음 만났을 때보다 실력이 더 나아졌다고 느꼈지만 지금은 흠잡을 곳이 거의 없었다.

[기력으로 오크들을 하나하나 선별하여 날린 섬세함은 인상적이군요. 검술은 저것만으로 잘 모르겠지만…….]

스트라케는 회색 망토를 펄럭이는 쑤밍의 뒷모습을 보며 말끝을 흐렸다.

[아니, 아마도 대단하겠지요.]

오늘 아침에 리오와 몸싸움을 벌였던 스트라케였다.

그녀가 그때 느낀 리오의 전투 기술은 아스가르드의 검술과 비슷하면서도 상당히 변칙적인, 더불어 식사 시간과 수면 시간을 제외하고는 피 터지게 싸움만 한 게 아닌가 싶을 정도로 끔찍한 실전 경험의 산물이었다.

스트라케는 그 검술의 다른 면을 쑤밍에게서 느꼈다.

[잡병들은 저 아이에게 전부 맡겨도 될 것 같습니다.]

[저 아이도 그럴 생각인 것 같구나.]

하이엘바인이 정신감응을 통해 감탄하듯 말했다.

전투가 시작될 무렵부터 전진하던 오크와 트롤의 보병들이 기괴한 비명을 지르며 작은 언덕을 넘었다.

후방에서 언덕을 뚫어지게 지켜보던 연합군들은 개미 떼처럼 넘어오는 이종족의 모습을 보고 끔찍한 미래를 상상했다.

그들과 맞선 쑤밍의 눈이 증오심으로 불탔다.

"너희들이 아니야."

그녀의 오른팔에 갈색의 스펠다이얼이 떠올랐다. 순식간에 맞춰진 스펠다이얼로부터 빛이 흘러 바이아덕트 속으로 흘러들어 갔다.

바이아덕트는 그녀를 위해 제작된 검이 아닐 뿐만 아니라 마법검에 버틸 수 있도록 특화된 것도 아니지만, 용족의 최신 기술이 모두 들어간 만큼 성능은 확실했다.

그녀가 땅의 마법이 걸린 바이아덕트를 거꾸로 들고 지면을 찔렀다.

"누가 스승님을 노린 거냐!"

대량의 살기가 그녀의 고함에 동조하여 지역을 흔들었다.

마법검에 반응한 땅이 거미줄처럼 쪼개지면서 지면 안팎

에 있던 바위들이 공중으로 솟아올랐다. 바위들의 크기는 아주 거대한 것부터 사람 키보다 작은 것까지 다양했으나 문제는 크기가 아니었다.

하이엘바인과 연합군에게 쏟아지는 달빛이 촘촘하게 가려질 정도로 수가 엄청났다.

쑤밍이 땅에서 검을 뽑은 뒤 그 끝을 적들 쪽으로 돌렸다. 이번에는 검은색의 스펠다이얼이 팔에 떠올랐다가 검에 스몄다. 중력 마법이었다.

그 마법에 의해 허공에 뜬 바위들이 쑤밍의 명령에 따르는 흉기가 되어 오크와 트롤들의 머리 위로 쏟아졌다.

약에 미친 독립군들은 그 폭격을 방패로 막으려는 용맹을 보였다. 그러나 그들보다 수십 배 무겁고 단단한 물체들을 방패 하나로 막는 것은 불가능했다.

트롤들은 그나마 피하려고 했지만 바위가 떨어지는 속도는 그들보다 훨씬 빨랐다.

언덕을 넘어오던 독립군의 왼쪽 전체가 멈췄다. 폭격에 스친 독립군들이 팔다리를 잃은 상태에서 움직이다가 하나둘씩 쓰러졌다.

눈앞에서 그런 일이 벌어지면 대부분 공포에 질려 진군을 멈추지만 그들은 달랐다. 똑같은 기세, 광기를 유지한 채 전진을 계속했다.

쑤밍이 그들마저 상대하기 위해 돌아섰다. 이번에는 진홍색의 스펠다이얼이 팔에 떠올랐다. 플레어 버스터였다.

하지만 두 개의 대형 마법을 연이어서, 그것도 무호흡으로 주문 가속까지 더하여 사용한 탓에 그녀의 정신력은 한계에 달해 있었다. 그녀가 보유한 마력의 총량은 상당했지만 연속해서 사용할 수 있는 양은 아직 그 정도였다.

인간으로 따지자면 거의 몇 분 동안 숨을 쉬지 않고 전력질주를 한 것이나 다름없었다.

"컥!"

쑤밍이 거친 숨을 터뜨리며 무릎을 꿇었다. 왼쪽 귓구멍에서 핏물이 흘러내렸고 플레어의 스펠다이얼은 깨져 날아갔다.

'여기서 이러면……!'

다시 일어나기 위하여 기를 쓰는 쑤밍의 오른쪽에서 갑자기 하얀 섬광이 터졌다. 그 빛은 스트라케의 입에서 뿜어지는 두꺼운 광선으로부터 번져 나오고 있었다.

하이엘바인과 스트라케의 힘이 융합되어 터진 그 힘은 스트라케의 움직임에 맞춰 독립군들이 위치한 지면을 고속으로 훑었다.

땅 위에서 지글거리던 빛이 갑자기 솟아오르면서 태양의 홍염처럼 폭발했다. 폭발의 열기는 오크들의 살을 태웠고 폭풍은 트롤들의 육체를 조각냈다.

수백 명 단위로 남았음에도 불구하고 독립군들은 전진을 계속했다. 그 악독한 모습에 연합군의 인간과 엘프, 드워프들은 구경만 하고 있는데도 불구하고 공포에 떨었다.

"꼴사납구나!"

하이엘바인이 쑤밍을 다그쳤다. 무리한 마법 사용으로 인해 잠시 탈진했던 쑤밍은 뇌를 마비시킬 듯한 구역질을 참으며 다시 일어났다.

하이엘바인은 창을 고쳐 잡고 안장의 고삐를 거머쥐었다.

"복수를 하려고 왔다면 목숨을 버리고, 전투를 하기 위해 왔다면 냉정함을 가져라! 둘 다 아니라면 스승에게 돌아가라!"

쑤밍을 꾸짖은 하이엘바인은 스트라케와 함께 남은 독립군들에게 돌격했다. 쑤밍은 그녀를 뒤쫓으려 했지만 구역질이 다시 올라와 비틀거리기만 했다.

오크와 트롤 정도는 굳이 하이엘바인의 손을 거칠 것도 없이 스트라케의 돌진만으로도 정리가 가능했다. 하지만 궁니르를 본뜬 하이엘바인의 아리스톤 창은 황금색의 선풍을 일으키며 적들을 조각냈다.

그녀는 최대한 빨리 그들을 정리하고 싶었다.

힘이 수십 분의 일로 줄어든 현재 몸 상태로 능력을 알 수 없는 아홉 목의 거대괴물과 잡병들을 한꺼번에 상대하는 것은 집중력을 고려해서라도 그다지 좋은 선택이 아니었다.

평야를 질주하며 적들을 베던 하이엘바인이 고삐를 오른쪽으로 틀었다. 하이엘바인의 창술에 맞춰 이리저리 움직이던 스트라케는 그 신호에 반응하여 땅을 박차고 오른쪽으로 뛰었다.

그녀들이 달리던 자리에서 크고 길쭉한 생물체가 솟아올랐다. 웜이었다. 흙을 파먹고 바위를 분쇄하는 웜의 빨판톱니가 하이엘바인을 노리고 움직였다.

하이엘바인은 그 웜을 노려보면서 고삐를 왼쪽으로 틀었다. 또 한 마리의 웜이 지면을 부수고 솟아올라 포효했다.

두 마리의 웜이 서로의 몸을 아슬아슬하게 스치며 하이엘바인을 공격했다. 스트라케는 속력을 높였고 하이엘바인은 대응책을 짰다.

[스트라케! 다인슬라이프를 빌리마!]

[가져가십시오!]

하이엘바인이 안장을 잡아당겼다. 길게 늘어난 안장이 스트라케의 힘과 맞물리면서 널빤지 모양의 기마대검으로 변했다.

왼손엔 검을, 오른손엔 창을 든 하이엘바인은 스트라케의 의식과 자신의 의식을 연결시켰다. 발키리들이 사용하는 승마술이었다. 그에 따라 하이엘바인은 짧게나마 스트라케를 자신의 하반신처럼 사용할 수 있었다.

전력으로 질주하여 웜들을 멀찌감치 따돌린 하이엘바인은 곧바로 방향을 바꾼 뒤 웜들을 향해 달려갔다.

다리가 보이지 않을 정도로 달리던 스트라케가 하이엘바인의 의식에 맞춰 도약했다. 스트라케의 몸이 웜과 웜 사이를 탄환처럼 돌파하면서 검과 창이 만든 섬광이 날개처럼 펼쳐졌다.

웜들이 그들을 쫓아 몸을 틀었다. 웜들의 하체와 상체의 움직임이 달랐다. 그 경계 면을 따라 웜들의 몸뚱이가 질척한 소리를 내며 절단됐다.

즉사하는 웜들을 확인하며 착지한 하이엘바인은 즉시 스트라케와의 의식 연결을 풀었다.

말들과 달리 의식이 복잡한 생물인 스트라케는 연결에 소모되는 힘의 양이 대단했다. 힘을 조금이라도 아껴야 하는 하이엘바인의 입장에선 어쩔 수 없었다.

그런데 그 틈을 노리고 또 한 마리의 웜이 치솟아올랐다.

'어느 틈에?'

큰 기술을 내야겠다고 결심하는 하이엘바인의 눈앞에서 붉은색의 검광이 번뜩거렸다.

"쑤밍!"

좌우로 길게 쪼개지는 웜을 뒤로하고 일어난 쑤밍은 슬그머니 하이엘바인을 돌아봤다.

그녀는 멋쩍게 웃고 있었다.

"부끄럽지 말입니다."

"후후."

그 웃음의 의미를 아는 하이엘바인은 마치 자신의 제자를 대하듯 뿌듯한 미소를 지었다.

'아무리 들어도 특이한 말투로군.'

스트라케가 한숨을 쉬었다.

그들의 머리 위로 대량의 흙이 쏟아졌다.

모두가 그쪽을 봤다. 상당한 숫자의 웜들이 그녀들을 따돌리고 도시를 향해 땅을 헤엄쳤다.

웜들의 내부에는 소화기관 외에도 새끼들을 키우고 보호하기 위한 공간이 존재한다.

하이엘바인과 스트라케, 쑤밍은 그 공간 내에 오크와 트롤, 그리고 설인들이 잔뜩 쌓여 있는 것을 감지했다.

"막아야 한다!"

웜들을 추격하려는 그녀들의 앞을 정체불명의 물줄기가 가로막았다. 광선처럼 보일 만큼 고압으로 뿜어진 그 물줄기는 어린아이들이 경계를 긋듯 땅을 쭉 긁었다.

여태껏 경험한 적이 없는 독한 냄새가 모두의 코를 찔렀다.

하지만 그녀들은 냄새에 반응할 틈이 없었다. 물줄기가 지나간 자리의 땅이 새까맣게 타면서 움푹 꺼진 것이다.

"독?"

[그것도 강한 산성입니다!]

하이엘바인과 스트라케가 차례로 소리쳤다.

쑤밍은 서룡족 가운데 산성의 숨결을 내뿜어 적을 공격하는 블랙 드래곤 부족을 떠올렸다. 독성 숨결을 내뿜는 그린 드래곤 부족도 떠올려 봤다.

그러나 둘을 합친다 하더라도 지금과 같은 파괴력의 액체를 만들어낼 수는 없었다.

그것을 뿜어낸 장본인은 하이엘바인이 처음부터 신경 쓰고 있던, 머리가 없는 아홉 목의 괴물이었다.

문제의 독성 액체는 가운데에 위치하고 있는 '뜯겨진 목'의 목구멍에서 흐르고 있었다. 목뿐만 아니라 등을 뒤덮은 두꺼운 각질과 단단한 비늘로 무장된 피부에도 똑같은 성질의 점액이 맺혀 반짝거렸다.

"쑤밍은 이와 비슷한 괴물을 본 적이 있느냐?"

하이엘바인은 혹시나 하는 생각에 물었다.

그녀와 마찬가지로 괴물에 정신이 팔려 있던 쑤밍은 침을 꿀꺽 삼킨 후 말문을 열었다.

"전혀 모르겠지 말입니다."

리오라면 뭔가 해답을 줬을지도 모른다. 그렇게 막연한 기대감을 가졌던 하이엘바인은 머리를 세차게 턴 후 스트라케의 다인슬라이프와 자신의 창을 굳게 쥐었다.

"도시로 간 웜들은 잠시 잊자, 쑤밍."

하이엘바인이 무슨 생각으로 그렇게 말했는지 알고 있는 쑤밍은 괴물에게 온 신경을 집중했다.

"들어라! 그 어떤 적과 상대하더라도 전사가 명심해야 할 것은 단 하나! 자신의 힘과 전우들을 믿는 것이다!"

그녀가 여태껏 아껴뒀던 힘을 폭발시켰다. 스트라케도 자신이 갖고 있는 힘의 절반 이상을 그녀에게 제공해 주었다.

하이엘바인의 가죽갑옷이 황금색의 판금철갑으로 변했다. 갑옷 밑에 받쳐 입고 있는 검은색 상의와 바지도 하얀색의 원피스 치마로 바뀌었다. 마지막으로 새의 부리를 본뜬 듯 챙이 두툼하고 뾰족한 투구가 만들어져 그녀의 머리를 보호했다.

투구의 그림자 속에서 그녀의 파란색 눈동자가 황금빛을 발산했다.

"나, 하이엘바인이 그것을 증명하리니!"

그녀가 스트라케의 안장에서 벗어나 괴물을 향해 뛰어올랐다.

괴물의 목이 크게 부풀더니 그 치명적인 독액을 또다시 뿜었다. 하이엘바인은 그 초고압의 분출물을 노려보며 검과 창을 든 두 손을 머리 위에서 맞부딪쳤다.

"주제를 모르는 자여, 멸망한 자들의 노래를 들어라!"

그녀가 두 손을 앞으로 뻗었다. 무기는 그대로 들고 있었지만 니벨룽겐리트의 빛은 제약없이 발산되었다.

"니벨룽겐리트!"

스트라케와 쑤밍은 그 기술이 동반하는 인지부조화의 탈색을 견디기 위해 자세를 낮췄다.

초현실적인 파괴력의 폭풍이 돌마저 녹이는 분출물을 분해시키며 괴물의 목을 향해 날아갔다. 그러나 그 힘은 괴물의 목에 닿기 전에 괴물의 몸에서 흘러나오는 유독성 안개의 완충 작용으로 별 소득 없이 사라졌다.

"니벨룽겐리트를……!"

단 한 방에 끝날 것이라고는 생각지 않았던 하이엘바인은 재빨리 다른 방도를 강구했다.

그들 눈에는 보이지 않았지만 괴물의 등판에는 아폴로니우스의 여동생 아르테가 모습을 감추고 서 있었다.

방금 터진 니벨룽겐리트에 놀라 오른팔로 얼굴을 가렸던 그녀는 한숨을 돌렸다.

'힘이 빠졌다는 정보를 접했기에 안심했지만 역시 대단하군. 몸이 멀쩡한 상태로 그 기술을 썼다면 제아무리 불멸의 히드라라고 해도 치명상을 피할 수 없었겠지.'

아르테가 팔짱을 꼈다.

'그래도 네메아의 사자갑옷까지 걸친 헤라클레스조차 한 번 도망치게 만든 히드라야. 그도 결국 히드라를 완전히 죽이진 못했어. 덕분에 우리가 사용할 수 있게 됐지만……'

아르테의 눈에서 스산한 빛이 흘렀다.

'아스가르드 신족 하이엘바인이여, 과연 몸도 성치 않은 그대가 이 히드라를 상대로 어디까지 버틸 수 있을지 지켜보도록 하지.'

그녀가 여유를 부리는 것조차 모르고 있는 하이엘바인은 자신의 힘이 시시각각 소모되는 것을 뚜렷이 느끼며 다음 수단을 떠올리기 위해 사력을 다했다.

*　　　*　　　*

하이엘바인이 다른 둘과 함께 히드라를 상대하는 동안, 도시 내부는 여기저기서 마구 솟아오르는 웜들과 웜의 입안에서 달려나오는 독립군 기습 부대에 의해 엉망진창이 됐다.

만약 공작이 리즈가 보낸 대피 제안서를 받아들이지 않았다면 민간인 피해가 속출할 뻔한 상황이었다.

그러나 기습 부대가 민간인 대피소를 공격하는 것은 시간 문제였다. 그들의 수는 그만큼 많았고 도시를 지키는 병사들의 수는 적었다. 경비대로 어떻게 처리할 수 있는 문제가 아니었다.

웜의 출현은 리즈의 저택 가까이에서도 일어났다.

저택으로 피난한 주변의 민간인들을 보호하던 민병대들은 기습 부대가 저택 쪽으로 밀려오자 리즈의 지휘에 따라 응전했다.

하지만 이번만큼은 민병대도 희생을 피할 수가 없었다.

약에 취한 오크의 힘은 오딘의 힘에 강화된 민병대 병사들을 맨손으로 으깰 정도로 강력했고 트롤의 집중력과 순발력은 초인적이었다. 또한 더욱 농도 짙은 약물에 찌든 설인들은 숫자까지 많아서 본래의 모습을 잠시 찾은 클라라조차 버거운 수준이었다.

병사들이 하나둘씩 죽어가자 리즈와 그의 친구들도 바빠졌다.

마리아는 진이 빠질 정도로 그림자들을 난사했으며 늑대 인간으로 변한 루파는 온몸에 멍이 드는 것도 감수하고 주먹을 휘둘렀다. 도로시는 정신력의 한도 내에서 뽑아낼 수 있는 최대숫자의 소환수로 분발했다.

올리버는 정문을 등진 채 싸웠다.

그의 왼쪽 어깨갑옷은 전투가 시작되자마자 오크의 검에 맞아 날아간 상태였다.

투구의 윗부분은 트롤이 날린 화살이 두피를 살짝 스친 채 꽂혀 있었고 방패는 수년 동안 매일같이 쓴 고물처럼 찌그러져 있었다. 피가 잔뜩 묻어 베는 힘을 잃은 검은 둔기나 다름없었다.

그가 그렇게까지 버틸 수 있는 것은 오딘의 눈에서 전해지는 힘과 리오가 남겨준 조언 덕분이었다.

'내가 당장 할 수 있는 일을……!'

다시금 마음을 다잡는 순간 그의 검이 두 동강 났다.

절체절명의 순간, 올리버는 가장 가까이에 있는 오크를 방패 모서리로 후려쳤다. 찌그러진 끝에 뾰족하게 변한 모서리가 오크의 안구를 짓이겼다.

올리버는 그 오크의 손에서 떨어지는 도끼를 낚아챈 뒤 저항을 계속했다.

창문을 통해 저택 밖의 혈투를 지켜보던 루이체는 리오의 교신기를 두 손으로 잡고 눈을 꽉 감았다.

'몇 분 못 버틸 거야!'

자신이 직접 나선다면 저택 앞의 독립군들은 정리할 수 있었다. 클라라를 붙잡고 있는 설인들만 봉쇄해도 일은 간단했다.

하나 그녀는 그 방법으로 도시 전체를 지킬 수 없다는 사실을 알고 있었다.

루이체는 리오를 다시 돌아봤다. 그의 의식은 돌아올 기미가 보이지 않았고 상처 속에 박혀 있는 미지의 힘도 그대로였다.

고민하는 사이 트롤 몇 명이 저택 담장을 넘어 들어왔다. 저택 안을 맡은 민병대 병사들이 필사적으로 달려들었으나 그들은 겨우 다섯 명뿐이었다.

다섯 중에 둘이 화살에 맞아 부상당하고 셋은 화단에 숨어 다음 화살에 대비했다. 트롤들은 일단 부상당한 둘의 목숨을 확실히 끊기 위해 단검을 들고 다가갔다.

저택 안에 숨어 있는 민간인들의 공포가 루이체의 신경을 뜨겁게 자극했다.

결국 그녀가 결심했다.

"빌어먹을!"

그녀가 리오의 교신기를 몇 번 조작한 뒤 그 화면을 창문 밖으로 내밀었다.

"나오란 말이야, 어서!"

그녀가 폐를 쥐어짜듯 소리쳤다.

잠깐의 정적 뒤, 트롤과 민병대 병사 사이에서 진홍색의 돌풍이 화려하게 일어났다.

"웃훙!"

애교가 잔뜩 섞인 웃음소리가 루이체의 귀를 괴롭혔다.

돌풍이 퍼지며 저택의 창문이 모조리 깨졌다.

돌풍이 불던 자리에는 진홍색의 턱시도를 입은 남자가 서 있었다.

몸매만큼이나 늘씬하고 긴 백발의 그 남자는 왼손을 가슴에 얹고 오른손을 대각선 위로 뻗은 곱상한 자세로 저택 안의 민간인들과 병사들을 아연실색하게 만들었다.

"아아, 불러주셨군요! 당신의 케롤이, 케롤라흐 람 트리비터가 여기 나타났답니다, 리오님!"

그 남자, 케롤이 활짝 웃으며 눈을 떴다.

그러나 기대감에 젖은 그의 황색 눈동자에 가장 먼저 들어온 것은 지저분한 트롤들의 모습이었다.

"어라?"

그가 턱시도 안주머니에서 검은색의 뿔테안경을 꺼내 썼다.

"저의 리오님은 어디 계신 거죠? 저는 분명 리오님께 드린 명함을 통해 이곳으로 왔는데요?"

두리번거리는 그를 향해 트롤이 단검을 거꾸로 잡고 덤벼들었다.

"캬아악!"

괴성을 지르는 트롤의 몸뚱이가 공중에서 멈췄다.

"쯧."

케롤이 안경을 고쳐 쓰며 혀를 차자 트롤이 단번에 해체되었다.

"설마 리오님께서 제 귀중한 명함을 당신들께 건네신 것은 아닐 테고……. 누가 좀 설명을 해주시겠어요? 혼란스럽네요."

악마들에게 있어서 자신의 이름이 박힌 '명함'을 남에게 건네는 것은 그들에게 있어서 최고의 예우였다.

악마들의 명함은 단순히 종이에 이름을 찍는 작업에서 끝나지 않고 악마 자신의 영혼을 일부 심음으로써 비로소 완성된다. 명함의 소지자는 명함의 개수만큼 직통의 길을 열어 악마를 불러낼 수 있다.

그것은 악마의 입장에서 봤을 때 그야말로 자신의 목숨을 맡기는 일이었다. 명함의 소지자가 명함에 저주를 걸어 악마를 자신의 노예로 만드는 경우도 있고, 선신계의 뇌물을 받아 그들에게 명함을 건네는 경우도 있었다.

케롤이 송곳니를 드러내며 짜증을 폭발시키려는 찰나, 루이체가 창밖으로 얼굴을 내밀었다.

"여기예요, 여기!"

"웃훙?"

케롤이 그녀를 봤다. 첫 대면이긴 했지만 낯설진 않았다. 케롤은 간접적으로나마 그녀를 알고 있었다.

"오, 오오! 루이체님! 리오님의 동생! 이렇게 직접 보다니, 행복하네요!"

그가 돌아서자마자 저택에 침입한 모든 트롤들이 화살과 단검을 준비했다. 그 순간 케롤의 등판에서 검은 그림자가 날름거렸다. 그를 노렸던 트롤들은 아까 희생당한 트롤들과 마찬가지로 전신이 해체되어 사망했다.

안경 너머로 보이는 케롤의 인상이 조금 변했다.

"설마 당신이 저를 불러냈나요?"

"맞아요!"

그녀의 솔직한 대답에 케롤이 다시 혀를 찼다.

"그렇다면 리오님의 동생이고 뭐고 간에 확 죽여 버릴 거예요. 저희들에게 있어서 명함이 얼마나 귀중한 물건인지 당신도 잘 아시죠? 그건 대여 불가, 거래 불가, 애프터서비스 불가예요."

"아, 알아요! 하지만 당신께서 도와주셔야 해요!"

"도와줘요? 누구를요?"

케롤이 어깨를 들썩거렸다.

"당신을 도울 방법이라고는 영원히 쉬게 해주는 것밖에 떠오르지 않네요. 솔직히 너무너무 불쾌하거든요!"

그가 이를 악물고 눈을 부릅떴다. 노란 안광이 루이체의 목을 조르기 위해 확 올라왔다.

"리오 오빠가 다쳤어요! 지금 의식을 잃었다고요!"

"응?"

케롤이 루이체의 등 뒤에 번쩍 나타났다. 그는 기겁하는 루이체를 뒤로한 채 눈앞에 누워 있는 리오를 보고 경악했다.

"어, 어찌 된 거죠? 저의 리오님께서 왜 숲 속의 공주님처럼 누워 계시냐고요! 당신을 죽이지 않을 테니 치료 방법을 어서 말해요! 혹시 저의 입 맞……."

"아니에요!"

듣기 싫은 말이 나오기 전에 가까스로 끊은 루이체는 숨을 잠시 몰아쉰 뒤 설명했다.

"지금 밖에 오크와 트롤들이 보이시죠? 그들의 우두머리가 리오 오빠를 공격했단 말이에요!"

우두머리인지 아닌지는 그녀 입장에서 확인이 안 됐지만 일단 그렇게 지르고 봤다.

"후훙, 그렇군요. 그럼 리오님은 어떻게 해야 나으시나요?"

"으, 그러니까……!"

"설마 시간이 지나면 저절로 나으신다는 말을 하진 않겠죠? 그러면 저는 실망. 더불어 당신은 멸망."

구석에 몰린 루이체는 결국 될 대로 되라는 듯 케롤의 턱시도 앞자락을 움켜쥐었다.

"이봐! 오빠에게 명함씩이나 준 주제에 뭘 그렇게 따져! 당신이 시간을 끌면 끌수록 죽는 사람이 쏟아진단 말이야! 오빠가 지키지 못한 사람들이 다 죽는다고! 으아악!"

발악에 가까운 그녀의 기세에 케롤이 움찔했다.

"앗, 장난이었어요."

"…뭐?"

"전 당신이랑 친해지고 싶어서……."

루이체가 이를 부드득 갈았다.

"이 자식이!"

"우, 웃훙!"

케롤이 연기로 변하여 그녀로부터 물러났다.

"알았어요, 알았어. 이 도시에 있는 오크와 트롤, 그리고 설인들을 해치우면 되는 거죠?"

"알면 빨리 실행하란 말이야!"

"그럼 기다리세요, 리오님의 동생."

저택 위로 날아오른 그는 안경을 만지면서 지상을 살폈다. 마침 그의 눈에 리즈와 그의 친구들이 보였다.

"낯익은 얼굴들이 보이네요? 저급하기도 해라."

그가 체력이 고갈되어 헐떡거리는 마리아 앞에 불쑥 나타났다.

"안녕? 지저분한 흡혈귀 아가씨?"

마리아의 얼굴이 딱 굳어졌다. 곁에 있는 리즈와 다른 이들도 마찬가지였다.

그 정도면 치명적인 빈틈이었다. 하지만 주변에 있는 독립군들 가운데 몸을 움직일 수 있는 자는 없었다. 그들 모두가 저주에 걸린 듯 조금씩 꼼지락거릴 뿐이었다.

"케, 케롤라흐 람 트리비터님?"

"웃흥, 내 이름 기억하네? 물론 기억해야지. 안 그러면 죽였을 거야."

키득거린 그가 마리아의 턱을 만졌다.

"자, 주제에 어울리지 않지만 한번 선택해 보렴. 저주로 죽일까, 마법으로 죽일까, 낫으로 죽일까?"

"예? 누, 누구를요?"

마족과 고위 악마는 등급이 차원적으로 다른 존재였다. 그 때문에 마리아는 그를 함부로 대할 수가 없었다.

"쯧, 낫으로 하자."

그가 제멋대로 오른팔을 뻗었다. 그의 소매에서 흘러나온 연기가 기계적 구조의 진홍색 낫으로 변했다.

"나는 한 명을 제거하는 재주는 그저 그렇단다."

케롤이 낫을 들고 폭풍처럼 회전했다. 검은색의 파동이 마리아를 비롯한 리즈 일행 모두와 주변의 독립군 전부를 훑고 지나갔다.

"하지만 다수를 괴롭히는 재주만큼은 칭찬을 받지. 아빠한 테까지 말이야!"

피 분수가 밤하늘로 솟았다.

오크와 트롤, 그리고 설인들까지 모조리 목을 잃고 쓰러졌다. 하늘로 튀어 오른 목들은 우박처럼 땅으로 쏟아졌다.

민병대들은 누구랄 것 없이 자신들의 목을 만졌다. 분명 서늘한 기운이 지나가긴 했지만 목은 멀쩡했다. 그들과 다른 존재인 마리아와 클라라도 무사했다.

케롤이 시체들을 밀어내며 밤하늘로 솟아올랐다.

"자아, 리오님을 계속 도와볼까?"

그가 손에 든 낫을 지휘봉처럼 빙빙 돌리더니 위로 번쩍 들어 올렸다. 그의 노란색 눈동자가 빛나고 전신에서 붉은 아지랑이가 피어올랐다.

도시 상공에서 천둥이 울렸다. 구름과 벼락, 어느 하나 존재하지 않는 하늘이 울부짖자 여기저기 숨어 있던 사람들이 의아해했다.

모두가 밤하늘을 보고 말을 잊었다. 일부는 그 두려운 형태를 보고 겁에 질려 자신이 알고 있는 온갖 신의 이름을 입에 담았다.

도시의 지름 절반에 가까운 초대형 도형이 하늘을 새빨갛게 물들이고 있었다.

도형의 동서남북에는 악마의 얼굴을 묘사한 상형문자가 크게 박혀 있었고, 그 외의 공간에는 각이 날카로운 서체의 글귀들이 굵직굵직하게 도사렸다.

도로시는 그 도형을 자세히 살펴봤다. 그녀의 눈으로 봤을 때 하늘에 나타난 도형은 그녀가 알고 있는 이론을 까마득히 초월한 소환 마법진이었다. 수준과 사용 언어 모두 다른 탓에 대부분은 해석이 불가능했지만 기본적인 작동 원리까지는 어느 정도 파악할 수 있었다.

'봉인 마법과 소환 마법의 혼합 형태? 그 밖에도 몇 가지 마법 장치가 더 있는 것 같지만…… 저 정도 크기라면 대체 뭐가 나오는 거지?'

케롤의 낫에서 붉은색의 전류가 솟아올라 마법진에 닿았다. 전류는 그물처럼 마법진 전체에 퍼져 굉음을 일으켰다.

준비를 마친 케롤이 낫을 끌어당겼다.

"나와라, 사리엘! 트리비터 가문의 노예여!"

그의 낫에 끌려나오듯 로브를 뒤집어쓴 거대한 해골이 마법진을 비집으며 거꾸로 내려왔다. 그 반투명한 존재는 오크와 트롤들이 날뛰는 지상을 내려다보고 한차례 크게 웃더니 마법진에서 대형 낫을 꺼내 들었다.

그 낫은 날이 이리저리 깨져 톱니 같았고, 길이는 그를 이쪽으로 소환한 마법진의 지름보다 길었다.

루이체는 사리엘이 누구인지 알고 있었다.

'신계혁명 직후 타락하여 지옥으로 떨어졌다는 사리엘? 정말 그 사리엘이라면 저 낫은 영혼을 마음대로 거둬가는 그림 리퍼(Grim Reaper)일 텐데, 어떻게 사리엘 정도 되는 자가 그림 리퍼 같은 보물을 들고 트리비터 가문의 노예가 됐지?'

그녀의 의문을 깔끔히 무시하듯 사리엘의 낫이 도시를 한 차례 휩쓸었다.

그것으로 작업을 마친 사리엘이 다시 소환 마법진 안으로 들어갔다. 그의 뒤를 도시에서 솟아오른 하얀색의 연기들이 뒤따랐다.

그것은 오크와 트롤, 설인들의 영혼이었다. 그 무리에는 사리엘의 낫질에 놀라 심장마비로 사망한 인간들의 영혼도 섞여 있었다.

사리엘이 그 모든 영혼들을 끌고 사라진 직후, 말 그대로 '넋'을 잃고 서 있던 기습 부대가 한순간에 쓰러졌다.

케롤은 흩어지는 소환 마법진을 바라보며 크게 웃었다. 너무 흥분한 나머지 마력의 방출을 수습하지 못한 그는 손도 대지 않고 안경을 으깼다.

"하하하! 113년 만의 식사가 어떠냐? 게걸스러운 노예에게 딱 어울리는 식사가 아니더냐! 앞으로도 그런 쓰레기들을 계속 먹여줄 테니 기대해라! 하하하하하!"

애교가 싹 사라진 웃음소리가 리즈 일행의 머리 위에서 진동했다.

케롤에 비해 한참 등급이 낮은 존재인 마리아는 그가 떨치는 마력을 이기지 못해 쓰러졌다. 클라라가 재빨리 다가와 방패로 그녀를 가려주지 않았다면 그 작은 흡혈귀는 사리엘에게 베여 죽은 오크들보다 더 잔인하게 압사당했을 것이다.

"오, 너무 기분을 내버렸네요. 큰 실례."

케롤이 기운을 수습하고 평상시의 목소리를 냈다. 턱시도 안에서 새 안경을 꺼내 쓰는 것도 잊지 않았다.

"웃훙, 과제를 마무리했으니 이제 저의 리오님을 만나러… 응?"

그때 땅속에 숨어 사리엘의 그림 리퍼를 피한 웜들이 밖으로 튀어나왔다. 그들은 지면 위로 몸을 반쯤 드러낸 채 사방에 박치기를 하며 기습 부대 대신 난동을 부렸다. 덩치와 힘에서 비교가 안 되는 그들의 파괴력에 아까보다 더 큰 피해가 속출했다.

"이런, 쯧쯧쯧쯧."

연신 혀를 차며 짜증을 낸 케롤은 다시 낫을 고쳐 잡았다.

"웜 주제에 내 인내심을 길러주네? 웃훙!"

그가 연기로 모습을 바꾼 뒤 가장 가까이에 위치한 윔을 향해 고속으로 이동했다.

"우선 한 마리!"

연기에서 원래 모습으로 돌아온 케롤은 깨끗한 자세로 낫을 휘둘렀다. 하나 윔은 그에 딱 맞춰서 지하로 다시 들어갔다.

"어라?"

어이없다는 듯이 웃으며 고개를 갸우뚱한 그는 다른 윔을 향해 이동했다. 그러나 그가 두 번째 노린 윔도 타이밍을 읽고 지하로 숨었다.

세 번째, 네 번째도 마찬가지였다. 그들은 노련한 두더지처럼 케롤을 유린했고 젊은 악마는 헛치는 횟수가 많아질수록 생기발랄한 모습을 잃어갔다.

"이 지저분한 짐승들이! 도대체 어떻게 된 거야!"

케롤은 사리엘을 다시 소환할까 하는 생각도 해봤지만 현실적으로 불가능했다.

사리엘은 그의 개인적인 노예가 아니라 트리비터 가문 전체의 노예이기 때문에 한 번 그를 이용한 가문의 일원은 일정 시간이 지나야만 그를 다시 부를 수 있었다.

케롤은 결국 자제력을 거의 잃고 도시 사방을 휘저었다.

공작의 성 꼭대기에서 그를 지켜보며 웜들을 조종하는 자가 있었다.

아폴로니우스였다.

'악마라, 재미있는 존재로군.'

그는 케롤을 계속 가지고 노는 한편 뒤쪽에서 느껴지는 하이엘바인과 히드라의 기운에도 관심을 놓지 않았다.

'아르테는 왜 아직도 처리를 못하지? 한시라도 빨리 히드라의 독으로 이 성을 녹여야 하는데?'

목적지의 바로 위쪽에 있어서인지 아폴로니우스는 어울리지 않게 조바심을 냈다.

*　　　　*　　　　*

하이엘바인이 몇 분 넘게 히드라와 대치하면서 얻은 정보는 절망적인 것들뿐이었다.

독의 위력은 예상 이상이었다. 직접 닿는 것도 위험하지만 스치더라도 독액이 세균처럼 퍼지면서 닿은 부위의 주변을 썩히고 태웠다.

부식성도 상당했다. 일단 돌을 깔끔히 녹이는 것부터 대단했지만 단 한 순간 스쳤던 아리스톤 창의 끝을 태워 버렸다. 지상에 존재하지 않는 금속까지 부식시킨 것은 실로 두려워

할 만한 일이었다.

방어 능력은 하이엘바인조차도 이해하지 못할 정도였다. 기력을 이용한 기술, 마법을 이용한 기술 모두를 완충시켜 허무하게 만들었다. 불과 얼음, 바람, 번개를 포함한 모든 전기적 충격, 심지어는 플레어의 핵융합 폭발마저도 훌륭하게 방어해 냈다. 독으로서의 성능도 그대로 지니고 있어서 함부로 무기를 댈 수가 없었다.

히드라는 그 상태로 하이엘바인들을 밀어붙였다. 히드라의 전진 속도가 느린 것이 여태까지는 그녀들이 가진 유일한 희망이었다.

힘의 소모를 줄이기 위해 스트라케에게 검을 돌려준 하이엘바인은 점점 좁혀지는 도시와 히드라 사이의 거리를 하염없이 바라봤다.

'어찌하면 좋단 말인가?'

그녀 자신에게 끊임없이 던진 질문이었지만 답은 나오지 않았다. 쑤밍도, 스트라케도 안타까운 침묵을 지켰다.

'남은 공격 수단이 뭐지? 지하드? 아니야, 이 창으로는 지하드를 버티지 못해. 궁니르를 불러야 하나? 하지만 선택이 틀렸다가는 내 몸이 붕괴될 것이야. 묠니르 해머의 기억을 실체화시켜야 하나? 그럴 순 없어. 쑤밍이 사용할 수 있는 최고 수준의 뇌격 마법도 전혀 먹히지 않은데다가 기억의 실체화

를 사용할 몸 상태도 아니야.'

리오라면 어찌했을까. 그 생각이 하이엘바인의 머릿속에 마구 맴돌았다.

그때, 최면에 반응하듯 그녀의 눈앞이 확 밝아졌다.

"으……!"

하이엘바인의 입에서 나직하니 탄성이 터졌다. 쑤밍과 스트라케가 깜짝 놀라 그녀에게 다가왔다.

"하이엘바인님!"

[무슨 일이십니까, 하이엘바인님!]

하이엘바인이 이를 꽉 깨문 채 창을 힘껏 쥐었다. 아리스톤의 창이 그녀의 손을 중심으로 균열이 일어났다.

"스트라케."

[아, 예!]

"아스가르드 전사의 기본이 무엇이냐?"

[예?]

스트라케는 당황했다. 동시에 쑤밍의 어깨가 꿈틀했다.

그것은 리오가 저격당하기 직전에 남겼던 질문이었다.

그 질문의 사연을 전혀 모르는 스트라케는 앞발을 딛고 엉덩이는 땅에 댄 채 등을 쭉 폈다. 인간으로 하자면 차려 자세였다.

[용기입니다!]

보고를 하듯 기합을 잔뜩 넣어 대답한 스트라케는 턱을 바짝 올려 각을 잡았다.

"그래, 용기다. 이게 아니야."

하이엘바인은 아리스톤 창을 본래의 막대 모습으로 되돌렸다.

"용기란 모든 것을 받아들이는 것!"

그녀는 소리치며 아리스톤 막대를, 하이볼크가 만든 무기를 땅에 던졌다. 그리고는 오른손을 하늘로 향했다.

"설령, 그것이 용기로 인한 실패라 할지라도!"

주위의 공기가 하늘로 빨려 올라갔다. 미처 대비하지 못한 쑤밍의 발끝이 땅에서 떨어지자 스트라케가 얼른 그녀를 덮치고 바짝 엎드렸다.

스트라케의 밑에 깔린 쑤밍은 하늘을 보고 소름이 돋았다. 예리하게 열린 밤하늘 사이에 밤보다 더 깊은 어둠이 보였다.

그 어둠은 자신에게 부족한 모든 것을 빨아들이고 있었다. 쑤밍은 그것이 공간의 균열임을 단번에 알아차렸다.

아리스톤 창과는 그 색부터가 다른, 하이엘바인이 입은 갑옷과 똑같은 황금색의 장창이 그 어둠 속에서 내려왔다. 그 창의 끝에는 대검에 비유해도 될 만큼 크고 육중한 창날이 붙어 있었다.

창날 전체에 새겨진 붉은색의 룬 문자가 쑤밍의 눈에 들어
왔다.

'궁니르!'

백발백중. 그 어떤 것에도 깨지지 않는 불멸의 창. 명실상
부한 아스가르드 최강의 무기이자 현재의 신계에서도 대적할
무기가 없다고 칭해지는 보물.

궁니르가 하이엘바인의 손에 내려왔다.

"싸우다 죽든, 독에 불타고 썩어 문드러져 죽든 매한가지!
나, 하이엘바인! 네놈의 꼬리 한쪽 정도는 가져가야겠다!"

아르테가 궁니르의 힘에 놀라 하이엘바인을 돌아봤다.

'궁니르? 아버지의, 아니, 제우스의 지노그와 대적할 수 있
다는 유일한 무기?'

그녀가 히드라의 방향을 하이엘바인 쪽으로 돌렸다.

히드라의 목구멍에서 독액이 분출됐다. 하이엘바인은 그
초고압의 독액을 궁니르의 날로 후려쳤다. 궁니르가 찢은 공
간의 균열이 히드라의 독액을 모조리 빨아들였다.

궁니르의 힘에 눌려 붕괴되지 않도록 집중했던 탓일까.

여태까지 보이지 않던 독액의 진실이 하이엘바인의 황금
색 눈에 똑똑히 들어왔다.

'액체가… 아니라고?'

그녀가 시력을 최대한으로 확장했다.

'대단히 작은, 세포의 소립자만큼 작은 녀석들의 집합체
다!'

그것으로 분출물이 세균처럼 퍼지는 이유도, 부식 능력이
막강한 이유도, 완충 및 방염, 방전 등의 방어 능력이 압도적
인 까닭도 모두 설명되었다. 액체처럼 보일 정도로 작은 그
입자 하나하나가 감염과 부식을 기초로 하여 모든 상황에 대
비할 수 있도록 만들어진 병기였다.

"그렇다면!"

하이엘바인은 궁니르를 두 손으로 잡았다. 창에서 뿜어지
는 막대한 압력에 그녀의 갑옷이 요란한 소리를 내며 균열을
일으켰다. 창의 힘이 더욱 강해지자 팔을 보호하는 갑옷들이
결국 깨져 그 파편이 사방으로 튀었다.

이제부터 무슨 일이 벌어질지 알고 있는 스트라케는 쑤밍
의 옷자락을 입에 물고 하이엘바인의 뒤편으로 물러났다.

"걀라르호른(Gjallarhorn:부르짖는 뿔피리)!"

궁니르를 핵으로 하는 황금색의 태풍이 히드라를 덮쳤다.
마력의 태풍이 히드라의 몸을 보호하는 입자들을 날려 버렸
다.

히드라의 피부에서는 끊임없이 입자들이 생산됐지만 최종
전쟁, 라그나로크의 서막을 아스가르드라는 세계 전체에 전
파할 만큼 강력한 걀라르호른의 바람은 그보다 더 빨리 입자

들을 증발시켰다.

기회를 잡은 하이엘바인이 궁니르를 오른손으로 잡고 뒤로 당겼다. 투창 자세였다.

그녀의 손을 떠난 절대관통의 창이 은색으로 달아올랐다. 공기까지 억지로 잡아끌며 가는 통에 주변의 광경이 큰 물고기의 등지느러미를 거친 물살처럼 늘어졌다.

궁니르에 이끌려 앞으로 쏠렸던 공기가 폭풍처럼 원래의 자리로 되돌아왔다.

지면을 손으로 잡아끌며 바람에 저항한 하이엘바인은 다시 오른손을 들었다. 원래의 황금색을 되찾은 궁니르가 그녀의 손으로 천천히 돌아왔다.

더 이상 궁니르를 지탱할 힘이 없었던 하이엘바인은 즉시 그 창을 공간의 틈새로 밀어 넣었다. 작업이 끝나자 그녀의 판금철갑이 다시 가죽갑옷의 모습으로 되돌아갔다.

피로에 눈 밑까지 까맣게 된 하이엘바인은 왼손으로 무릎을 짚은 채 씩 웃었다.

"꼴좋구나."

몇 분 전까지만 해도 무적이나 다름없었던 히드라는 가슴이 뚫리고 등판이 날아간 채 가만히 서 있었다.

생물이라면 당연히 즉사였다. 쑤밍과 스트라케는 기쁨을 감추지 못했다.

히드라의 거체가 모래성처럼 무너졌다.

무너지는 적의 모습을 지켜보던 하이엘바인은 피로를 잊고 벌떡 일어났다.

"아스가르드의 방식은 역시 야만적이군요."

그녀에게 말을 건넨 자는 여성이었다.

흰색의 가면으로 얼굴을 가리고 황동색의 가슴갑옷을 흰 옷 위에 가볍게 걸친 그녀는 오른손에 물병을 들고 있었다.

히드라가 무너지면서 만든 모래들이 그 작은 물병 속으로 모조리 빨려 들어가고 있었다. 그 막대한 모래를 전부 담는 것이 불가능한 크기였으나 물병은 마법이라도 걸린 듯 문제없이 빨아들였다.

가면의 여성이 물었다.

"이 아이가 불사의 능력을 갖지 못했다면 어떻게 책임지려 했죠? 어디 대답해 보세요."

"누구냐?"

일단 질문은 했지만 하이엘바인은 그녀의 목소리와 분위기가 왠지 낯익었다.

히드라의 몸을 물병에 모두 담은 그녀는 마개를 단단히 닫은 뒤 허리에 찬 짧은 검을 들었다.

"당신은 도저히 두고 볼 수 없겠군요. 긴 말 할 것 없이 제가 상대해 드리죠."

검을 든 자세를 본 하이엘바인은 확신을 가졌다.

"아르테?"

가면의 여성이 멈칫했다.

*   *   *

헤라클레스는 걷고 또 걸었다.

그는 몸을 가리기 위해 가는 도중에 위치한 작은 마을에서 검은색의 큰 헝겊을 훔쳐 뒤집어썼다. 또다른 마을에서는 흰 붕대를 훔쳐 투구를 단단히 감쌌다.

'죄를 지으며 어디로 가야 한단 말인가.'

방황하는 와중에 가장 자주 떠오른 인물은 이상하게도 쌍둥이들이었다.

그들의 되바라진 목소리와 행동이 영웅의 눈과 귀에서 쉽게 지워지지 않았다.

'그들까지는 데려가야 했나?'

그는 고개를 저었다.

'아니야. 나 혼자 짊어지고 가야 한다. 스스로 결정한 바가 아닌가!'

다시 걷는 그의 눈앞에 거무스름한 것이 보였다.

걷는 모습을 보니 사람 같았다. 그런데 사람치고는 체구가

장대했다. 자신과 비교해도 전혀 뒤떨어지지 않는 웅장함이
느껴졌다.

'여행자… 아니, 전사인가?'

그는 그 사내와의 거리가 가까워질수록 그가 검사임이 확
실하다고 판단했다.

'아니, 그전에 사람인가?'

그냥 강하다는 것을 제외하고는 아무것도 읽히지 않았다.
자세만 보고 판단할 수 있는 상대가 아니었다.

그의 모습이 뚜렷해졌다.

헤라클레스 자신과 마찬가지로 검은색을 뒤집어쓴 자였
다.

그는 거대한 모자의 챙이 만든 그림자 속에 몸을 두고 있었
다. 검고 두꺼운 코트를 걸쳤음에도 불구하고 안에서 꿈틀거
리는 근육을 가두지는 못했다.

헤라클레스는 주의를 기울였다. 싸우는 게 두렵진 않았
지만 의미없는 충돌은 원치 않았다.

사내가 우뚝 멈췄다. 헤라클레스도 멈췄다.

영웅은 앞에 서 있는 사내의 눈을 봤다.

특이했다. 눈동자가 보이지 않았다. 전부 흰색이었다. 그
냥 흰색이 아니라 광기를 가두고 있는 위험한 흰색이었다.

"나에게 원하는 것이라도 있나?"

헤라클레스가 물었다.

사내가 눈웃음을 지었다.

"크큭……. 죽는 거다!"

그가 모자와 코트를 벗어 던졌다. 회색의, 갑옷이 아닐까 싶을 정도로 엄청난 양의 근육이 태양 아래에 드러났다.

『가즈 나이트 R』 4권에 계속…

저작권 보호!!

장르문학의 성장에 힘이 되어주십시오.

저작물의 무단 전재와 복제, 불법 다운로드!
이것은 관심이 아니라 무관심입니다!

작가님들은 창의적 열정과 시간을 투자해 자신의 꿈과 생계를 유지합니다.
한 권의 책을 만들어 많은 사람들은 자신의 인생과 미래를 설계합니다.

저작물 속에는 여러 사람의 노력과 희망이
담겨 있습니다!

저작물의 무단 전재와 복제, 불법 다운로드는 여러 사람들의 꿈과 생계를
위협함으로써 장르문학을 심각한 상황에 빠뜨리고 있습니다.

이제는 무관심이 아니라 관심으로 장르문학의
성장에 힘이 되어주세요.

[도서출판 **청어람**은 항시적인 저작권 보호를 통해 장르문학과
여러분의 희망을 지키겠습니다.]

저작물의 무단 전재와 복제, 불법 다운로드는 법률에 의해 처벌받을 수 있습니다.

저작권법 제97조의5 (권리의 침해죄)
저작재산권 그 밖의 이 법에 의하여 보호되는 재산적 권리(제73조의 4의 규정에 의한 권리를
제외한다)를 복제·공연·방송·전시·전송·배포·2차적 저작물 작성의 방법으로 침해한
자는 5년 이하의 징역 또는 5천만 원 이하의 벌금에 처하거나 이를 병과(동시에 두 가지 이상의
형벌을 지우는 일)할 수 있다.

도서출판
청어람

박선우 장편 소설
FUSION FANTASTIC STORY

PERFECT GAME 퍼펙트 게임

고통과 좌절의 시간들을 뛰어넘어
불사조처럼 일어나 세계를 제패한 사나이의 일대기.

대한민국을 넘어 메이저리그를 평정하며
명예의 전당에 헌정된 언터처블 투수, 이강찬.

강철 같은 어깨에서 뿜어져 나오는 그의 패스트볼은
무적이었으며 야구계에 길이 남을 **신화**였다.

야구만을 사랑했던 고독한 사나이.
그의 *퍼펙트게임*이 이제 시작된다!

Book Publishing CHUNGEORAM

유행이 아닌 자유추구
www.chungeoram.com

가프 장편 소설

관상왕의
1번룸

FUSION FANTASTIC STORY

거대한 도시의 그늘에서 벌어지는
짜릿하고 통쾌한 이야기!

『관상왕의 1번룸』

텐프로의 진상 처리 담당, 홍 부장.
절망적인 삶의 끝에서 만난 남국의 바다는
그를 새로운 인생으로 인도하는데……

쾌락을 원하는 거부, 성공에 목마른 사업가,
그리고 실패로 절망한 사람들이여.

여기, 관상왕의 1번룸으로 오라!

Book Publishing CHUNGEORAM

유행이 아닌 자유추구 -
WWW.chungeoram.com

현대 소환술사
THE MODERN SUMMONER
FUSION FANTASTIC STORY
현윤 퓨전 판타지 소설

하늘이 무너져도 솟아날 구멍은 있다!

드래곤의 실험으로 모진 고난을 겪어야 했던 레비로식
우여곡절 끝에 소환술사가 되어 최강의 자리에 오르지만
운명은 그를 나락으로 떨어뜨린다.

『현대 소환술사』

다시 한 번 주어진 삶!
그러나 그마저도 암울하기 그지없는데……

소환술사 레비로스의
인생 역전이 시작된다!

Book Publishing CHUNGEORAM